ことのは文庫

賭けからはじまるサヨナラの恋

氷の仮面とよくばりな想い

ポルン

MICRO MAGAZINE

CONTENTS

賭けからはじまるサヨナラの恋

氷の仮面とよくばりな想い

プロローグ

「なあ里村《さとむら》、面白い話があるんだけどさあ。総務の氷鉄《ひょうてつ》の女……吉永《よしなが》の泣きっ面見たくないか？」

しまった絡まれた、と思った。いつも部署内の雰囲気を悪くする三人の先輩。上司にコネがあるという噂で誰も表立って何かを言うこともできない、そんな存在。

いままで当たり障りなく過ごしていたのに、今日、無理に難しい仕事を押し付けられた後輩を帰らせて、自分が残ったのが気に入らなかったのかもしれない。

わざわざ業務が終わるのを待っていたのか。囲まれたまま小会議室に連れ込まれ、そこで言われたのはかけらほども思ったことのない言葉だった。

「……いいえ」

そんなものを見たいと思う趣味はない。

想定内の答えだったことは、顔を見ればわかる。それでも引き下がらないのがこの人たちだ。

「俺ら、あいつが気に入らないんだよ。そういうやつ多いだろう？　だから恥をかかせてやろうと思って」

「何をするつもりですか？」

吉永奈央《なお》は俺と同期で入社した女性社員で、総務の仕事をほぼ一人でこなしているという、社内では有名な人だ。職務に忠実で笑顔も見せず、書類の不備があれば氷点下の瞳で返される。ついたあだ名は『氷鉄の女』。

ただ、彼女はいつも正しいし、修正箇所は的確に教えてくれる。だからそんな二つ名があっても社内で嫌われているわけではない。彼らがあまりにも横柄で、自分でやるべきことすら総務に丸投げしているから、吉永も仕方なく対応しているのだろうことは想像に難くない。そんな吉永にいったい何をしようというのか。

「お前だったらいけるんじゃないか？　あの氷鉄の女を落とすのさ」

「……は？」

言われた言葉の意味が理解できない俺を置いて、三人で盛り上がっていく。

「うまくいったら三万やるよ」

「俺も！」

「じゃあ俺はフラれるほうに千円な」

呆然としている俺に彼らが語ったことは、曰く、吉永と付き合って、惚れられたらフッて、そこを笑いものにする、というあきれ返るほど最低でずさんな賭けの内容だった。無理だと言っても引き下がってくれない。優柔不断でノーが言えない俺でも、さすがにこれは乗ってはいけない話だということはわかる。
しかしどれだけいやだとはっきり口にしても彼らが止まることはなく、俺が引き受けないならば後輩にやらせるのだと、そう言ったのを聞いて、観念した。そんなことをさせるわけにはいかない。

幸い、吉永と俺とは挨拶をする程度の仲であり、親しいわけではない。彼女が俺に向ける視線はあくまで同期、いやそれ以下かもしれないほどに冷めている。だから俺が告白をしたところで彼女からの返事は決まっている。断られさえすれば、この話は簡単に終わるのだ。
俺の告白を聞いて、いつもの冷めた瞳できっぱりと断ってもらおう。他力本願で申し訳ないとは思うが、仕方ない。

数日が経ち、吉永に断られました、と何もしないまま報告をしようとしたが、監視されそれもできず、結局俺は後ろで意地の悪い笑みを浮かべた先輩たちに押し出されるように、いま、休憩室の明かりが確認できる階段の踊り場に立っている。きっと今日も吉永は一人で残業をしているのだろう。

やがて、休憩室の自販機に向かう足音が聞こえてくる。しんとしたフロアにカチリとスイッチの音がして、いましかないと、重い足を動かした。

冷たい視線と絶対零度の拒絶でかまわない。吉永は俺のことなどなんとも思っていないのだから、大丈夫。いまが終われば元通りだと、もう一度呪文のように心の中で唱えた。

誰もいないと思っていたはずの休憩室に突然俺が現れたことに、吉永は一瞬驚いた表情を見せたが、すぐにいつもの氷をまとわせたような無表情に変わる。この人が笑っていた頃を、俺は知っている。

もう一度見られたらいいなんて、少しでも思う資格もないというのに。

感情を振り切るように、できるだけ冷静に声をかけた。

「吉永、あの……」

第一章　神様がくれた大チャンス、では？

「なあ里村、面白い話があるんだけどさあ。総務の氷鉄の女……吉永の泣きっ面見たくないか？」

残業続きの毎日で、もうそろそろ命の限界が近いと思いながら、フラフラと目当ての自販機がある上階の休憩室を目指していた私の耳に飛び込んで来たのは、まさかの自分のあだ名だった。

誰がそんなことを言い出したのかは知らない。『氷鉄の女、総務の門番、鉄の処女』。他にも色々と陰で言われているだろうことは、いやというほど耳にはいってくる。しかし入社当時は普通だった私がこうなったのは、新入社員の時に私の指導役になった先輩のせいだという事実を知っている人は、いまではもう少ないだろう。

完全にセクハラのモラハラだった。断れないのをいいことにホテルにまで連れ込まれそうになって、やっとそのことに気付き殴って逃げ出した。人当たりのいい先輩だったから、私に先輩としてよくしようとしたら誤解されて殴られたという話が独り歩きし私は孤立。

さらに誰もがその先輩を信じてしまい私は人間不信になった。

まだ入社して二ヶ月の頃。それで辞めるなんて負けた気がして悔しくて、一生懸命踏ん張った。

もう会社の付き合いなんていらないと思った。だからわざと冷たくしたわけではないものの、いつも事務的に対処することを自分に義務付けた。そうしたら変な誤解は生まないで済むと思ったからだ。

そして月日は流れに流れ早六年。二十八歳という微妙な年齢になり、入社六年目ともなると下の若さの圧力、上の力の圧力に日々押しつぶされて、もう故郷に帰るのもいいかな……という心境にまでなっているいま、こんな会話を聞くことになろうとは思わなかった。

営業部の小会議室の中にいるのは四人。こんな時間まで残業しているのは、彼ら以外では私くらいのものだろう。安心しきっていたのか会議室のドアは開きっぱなしになっていて、下卑た笑い声がいやでも聞こえてくる。

その中で一人、慌てた声を出しているのは里村紘一という、私の同期入社であり、イケメン・長身・気は優しいと三拍子そろった男性で、毎年毎年新入社員の女子の半数は虜《とりこ》になっている有名人だ。

しかし気は優しいとはよく言ったもので、ただ単に断れないだけの優柔不断ナンチャッテ優男《やさおとこ》だということを知っている人はそれほどいないに違いない。

告白されても、付き合っている彼女がいればやんわりと断る。いなければ断らない。付き合う。そんな態度だから恋人が不安になる。フラれる。そしてすぐ誰かに告白される。付き合う。そのループを何度見て来ただろう。

……そう、ずっと見て来た私は、不毛な片思いをかれこれ六年続けている愚か者である。

だから、この中で行われている会話が気になって気になって仕方ないわけで。

「吉永は数少ない同期だから少し話せるだけで、俺に気があるとかじゃないんだから無理ですよ」

「いや、お前なら行ける！　俺いつもあの無機質な何の感情もない氷の目で睨まれて書類突っ返されるんだぜ！　最近はもう絶対行かないけど、あの女が泣いてるところ、見てみたい！」

「俺も洟《はな》たらして縋《すが》りつくとこ見たいなあ？　だから試しに告白してみろよ」

「俺はそんなのはいやですよ！」

「いいじゃないか！　フラれたらフラれたで！　本気じゃないんだからさ。総務は階も別だしお前自身にはそんなに接点ないだろ？　うまくいくに五万出すって言ってるんだし悪い話じゃないと思うけどな」

「そうだよやれよ！」

「いやだって言ってるじゃないですか……」

ふむふむ。ジーッと話を聞いていると、どうやら超パワハラでコンプライアンス違反スレスレを生きている先輩たちに押しきられて里村は私に告白することになったようだ。確か、営業のあの三人は昔から新人いじめで有名だった。誰か一人が縁故だったか、上司に言っても何も変わらないらしい。

そしてさすが優柔不断。いつもより頑張って拒否しても、結局押しきられると駄目だと言えない男！　でも好き。

っていうか、普通に考えて大チャンス到来じゃない？

やっていることは超超最低だけど、よくやった！　モブ社員たちよ！

もうどうせこの仕事に限界を感じていたし、長く拗《こじ》らせに拗らせた恋を少し楽しんで、それを最後の思い出に故郷に帰ろう。うん。そうしよう。

私は何も聞かなかったことにして、自分のフロアに戻った。飲み物は買えなかった。

翌日、早速課長に辞める旨を伝えることにした。

まだ始業前で、珍しく課長が朝早くからいたので、ラッキーだった。

話があるんです、と告げて、誰もいない総務の端にある個室でひと月後に辞めると伝えると、想像もしていなかったのだろう。課長は途端に顔を青く染めていく。

「えええ!? ちょっと待って吉永さん。急にそう言われても困るんだけど!」

こう言われるのは想定済みだ。しかしこちらとしても引くわけにはいかない。

流石《さすが》に賭けで恋愛をしてフラれた後にずっと一緒の職場で働くのは辛すぎるし、里村もさぞ気まずかろうと思う。どうしても賭けの終わりと共に辞めないと、お互いに厳しい現実が待っている。

「でも、もう決めたんです。急で申し訳ないですが、社内規定に則《のっと》って、ひと月後に辞めさせていただきます」

課長は泡を食っていまにも倒れそうだ。それでも私は引くわけには行かない。いま一番大事なのは、私と里村の恋愛成就……もとい疑似恋愛ごっこなのだから。

「お願いだから、ひと月後なんてそんなことを言わないで! 吉永さんがいなくなったら総務が大打撃受けるのはわかるよね?」

「はい。でしょうね。業務の大半は私が請け負っていると思いますし」

誰がそうさせたんだ誰が、と少し睨みつけてしまったのは仕方ないことだろう。

泡食った顔が更に歪められて、目は潤んでいる。おっさんの潤み顔とか全然需要ないんだけど! これが里村だったら……いい。凄くいい。もうすぐにでも何でも言うこと聞いちゃうな。

「せめて一年! 引き継ぎだってあるしさ? ね、来年には昇進だってあるよきっと!

主任！　吉永主任！　同期で一番に出世だよ！　わあすごい！　すごいね！」

「……課長？」

少しだけ声のトーンを鋭くすれば、びくりと課長の肩が震えた。

「だって、吉永さんがそんなすぐにいなくなったら、本当に総務潰れちゃう。総務が潰れるってことは会社も潰れるってことだよ！」

そんなことがあるはずない。いなきゃいないでどうにかなるのはわかりきっている。代わりがいない存在なんて世の中にはほとんどないのだから。ただ、自分にいま以上の仕事がおっかぶってくるのがいやなだけだろう。元々一ヶ月で辞められるとは思っていない。これは交渉術だ。

「……二ヶ月、これ以上は延ばせません。家庭の事情がありまして。それまでに後進育成は私もしますし、引き継ぎもできる限り迷惑がかからないようにします。あと足りないようでしたら支社から人員の補充をお願いします」

「いや、半年……」

「二ヶ月」

今度はしっかりと、凍りつくような目で睨んだ。ヒェ、と課長が息を呑んでいるうちに、辞めることは課内以外には伏せてほしいと半ば強引に約束させて、休憩室を出る。家庭の事情なんてあるわけないけど、こういうものは言ったもの勝ちなのだ。

緩む顔を隠すようにトイレに入って、個室のドアをしめると笑いが止まらなくなった。

やった！　きっちりと二ヶ月後に退職をもぎ取った！　引き継ぎを盾にしてごねられたら大変なのはわかっていた。最初に一ヶ月とハッタリをかまして正解だ。

後は他の部にはギリギリまで内緒にしてもらいながら引き継ぎを行えばいい。知らない間に退職していたなんてよくある話だ。


そしてそんな根回しをしながらも、いつ賭けの誘いが来るのかと待ちわびていた私にようやくその時が訪れたのは、賭けの話を聞いた一週間後だった。

いつもの残業のなか、告白してもらうべく、隙を見せるために休もうと休憩室に入ると、数分後、ばつが悪そうな顔をして里村が入ってきた。多分外ではあいつらが報告を待っているに違いない。

「吉永……あの……」

「どうしたの？」

がんばれ！　がんばれ里村！　私によい思い出をちょうだい!!

脳内でチアガールに扮した私は一生懸命ポンポンを振っている。その効果があったのか、ずいぶんと長い沈黙のあと、やっと本題に入った。

「あのさ……、お、俺と付き合ってくれないか」

「いいよ！」

まずい！　あまりに待ち望みすぎて超食い気味に被せてしまった。不審に思われてないかな!?

「そうだよな、だめだよな。って、……え、ええっ？」

こらこらそんな反応したら傷つくじゃないか。賭けだと知らなかった、もしくはその対象が私じゃなかったら本当に傷つくぞ！

里村頑張れ！　私の思い出のためにもう少し頑張れ！

念を送っていると、口のなかでモゴモゴした後、私を見て再度告げられる。冗談だよ、なんて逃げないでよ？　ホントにお願い頑張って。

「付き合うっていうのは男女のその、あれなんだけど」

「うん、恋人ね」

恋人！　自分で言っておきながら照れちゃうな。

はー、いまこの時をもって、吉永奈央、二十八歳、長年片思いしていた人と恋人になりました!!　テッテレー！

「あ、うん？　ああ……ええ？」

目を白黒、しどろもどろになっている里村を置いて私は颯爽《さっそう》と休憩室を出た。

やっぱり実は、なんて今更言われたらいやだし、数日くらいはこのなんちゃって両思いを楽しんだっていいじゃないか！

*

――そして、一週間が過ぎた。

里村からは何のアクションもない……よくよく考えたら連絡先も知らない。もしかしてあれで告白成功！　って感じで賭けが終わっていた!?　ガーン！

……まあいいや。この一週間楽しかったよ……。妄想だけは捗《はかど》りまくったし、なんなら結婚式も挙げた。新婚旅行は箱根。海外行ったことないから想像もできなかった貧困な女子力が憎い。

うん。ありがとう里村。いい思い出をありがとう。妄想だけど。

これだけでも十分私は生きていける。

上の階にある営業のフロアを拝む。

ありがたや……ありがたや……。

「あ、あの。吉永さん大丈夫ですか？」

「はい。大丈夫です」

上階を見上げ手を合わせていたら流石に同僚に心配されるか。

いつもよりキリッとしておかないと。この一週間ゆるみっぱなしだったからなぁ。

＊

諦めかけていた、というより思い出作りの妄想も一通り終わって、離婚して別れるところまで進んだ二週間目、なんと今更動きがあった。

私は引き継ぎ資料のこともあり、いつもよりも残業時間が長いし酷い。顔もやばければ心は腐っていた。

妄想の中の里村はすでに再婚していたし、やさぐれて私はアルコール依存症一歩手前まで病んでいた。

だから総務のデスクで一人、業務に追われていた私は、声を掛けてきたのが里村だとはまさか夢にも思わなかったのだ。

「吉永」

「はい？」

そう呼ばれて人使いの荒いクソ課長かと思って、いつもより更に低い声で返事をして振り向くと、里村がひきつった顔で立っていて焦った。妄想では別れた旦那だとはいえ、もっと愛想よくすればよかったと内心ギャーギャー騒いでいると、里村が手に持っていたコーヒーを差し出してくれる。心遣いまで最高です！

「今日も残業なんだな。お疲れ様」

「やることが沢山あってね……」

ありがたく頂き、里村が触った場所をきちんと把握して同じところを持つ！　この缶は宝物にしよう。

ところで何の用事だろうか？　営業もそれなりに忙しいわけで、残業がそこそこあるのは知っているが、基本的に里村の課とは営業事務の女の子とやり取りをするので、わざわざここに来る必要性を感じない。無理やり仕事を持ってくる馬鹿な奴らはいるけれど。

「ええと、何か用事があった？　営業一課からはいまのところ急ぎの案件は入ってないのだけれど」

「え？　あ、いや……」

また、もごもごしている。私はこの表情の里村も好きだ。多分何を言うべきか考えすぎて、どうしたらいいのかわからないのだろう。この人たらしの柔らかな物腰でガッツリ契約を取ってくるのだから営業は天職なんだろうな。私もこんな風にできたらいいのに。

「まだ、終わらないのか？」

「うーん、もうすぐ終わるかな」

「じゃあ、待っててていいかな？」

……マッテテイイカナ？

え？

「なんで？」

疑問は考える前にスルッと口から滑り落ちた。

私が返した言葉は予期してないものだったのか、里村がピキッと固まる。その姿に私もなにも言えず固まってしまったけれど、脳みそだけは柔軟に『別れた夫から新妻の相談をされる元妻』の妄想が高速で流れていく。

数十秒は優にあったと思う。ようやく私の妄想が落ち着いた頃里村も落ち着いたようで、私とコーヒーを目で行ったり来たりしながら口を開いた。

「一緒に、帰りたいと思って……」

「……ふっ」

甘酸っぱい中学時代（の妄想）を思い出して笑いが漏れた。

まさか、まだ恋人ごっこが続いているとでも言うの？

ホント？　ちょっと嬉しすぎるんだけど。

「恋人だから？」

私が聞くと狼狽《うろた》えた後に首を縦に振った。

おおお！　ホントに!?　やだー、奈央チョー嬉しいー。

……なったこともないギャルの真似は想像では賄《まかな》えなかった。

告白オッケーでは賭けが成立しなかったのだろうか？

あれか、モブ男は私がピーピー泣くところが見たかったんだっけ。じゃあ、フラれるまではオッケーなのかな？　所在なさげに立っている里村をちらちらと見ながら、私は仕事を無理矢理終わらせた。


今日はまだ月曜日。お酒を飲んで帰る曜日じゃないので、会社から少し離れたコーヒー専門の喫茶店に寄って取り敢えず親睦を深める作戦のようだ、多分。またコーヒー？　なんて聞かない。嬉しいから。

対面で席に座ると、いつもはチラ見しかできなかった端整な顔が視界の真ん中にドーンと座っている。ああ尊い。

カラカラとアイスコーヒーの氷を何度もかき混ぜながら、会話の糸口を探していた里村がようやく喋りだした。ゴメン舞い上がって私何も話題が思い浮かばないんだって！

「総務は吉永ばっかり忙しいのな」

「え？」

「いつも残業してるのは吉永だし、他は定時で帰ってる人もいるだろう？」

「ああ……、なんとなく引き受けてたら、いつの間にか膨大な量を抱えるようにはなったかもしれない」

自分で言うのもあれだが、優秀なのも問題だ。

いま現在の悩みは私の業務の割り振りをどうするか。考えると知らず下を向いてため息が出てしまう。

そんな私に何を勘違いしたのか、里村はポン、と私の頭を撫でた。ビックリして私が顔を見上げると、労るように里村が笑っていた。

やばい、鼻血が出そう。これはいけない。さすが里村、こんな自然に女を落とすテクニックを使ってくるなんて！　滾《たぎ》る！

慌てて視線を外して、頭の感触を覚えるべくもう一度下を向いて目を閉じる。この強さで……この感覚。自分の手で再現できるかなあ。

じっとしている私をどう捉えたのか、すぐにナデナデは止んでしまった。残念……。

「ごめん。急に触られていやだったよな。つい」

「気持ちいいから大丈夫。おかわりほしいくらい」

「おか……？　吉永そういう冗談も言うんだな」

冗談ではないのだけども。

いままで無愛想だった自分から、どうやって素を出すか悩む。

終わったと思っていた告白が生きていて、どうせあとひと月ちょっと経てば私はサヨナラオサラバ。

はじめての交際。六年片思いしていた人との思い出の恋。

せっかくなら、たったひと月半の短い期間だけど記憶には残っていてほしいしキャッキャウフフしたい。でもそうなると、私を騙《だま》した罪悪感に里村は潰れてしまうかもしれない。

この無愛想キャラで行くべき？

どうしようか悶々《もんもん》としている私に思いがけない言葉が降ってきた。

「入社したばっかりの時は、明るかったよな」

「……！」

新入社員の研修の時、里村とは同じ班だった。

私は自己紹介の時の笑顔でまず一目惚れ。そして一緒に過ごすうちに、優しい物腰に更に好きになってしまった。

あたりまえのように大学時代からの恋人がいると知ってもガックリしないくらい、憧れの範囲を超えることすら許されないとそう思っていて。

「入ってすぐ阿藤《あとう》さんと噂になったろう？　……心配してたんだ。それ以来事務的なこと以外話すこともなかったけど、気にはなっていたんだよな」

「あ、そうだったの？　……うん、あれから会社ではもう最低限の人間関係でいいと思って」

「そうだったんだ……大変だったな」

気にしてくれてたんだぁ。すごく嬉しい。

私は里村にとって路傍の石じゃなかったのだ。その事実が知れただけで私はもう悔いはない。

一生の思い出として生きていくよ……。

緊張しまくりではあったけれど、その後も何事もなく会話は進んだ。意外なことに、二人の音楽の趣味が合うことがわかった……と里村は思ったかもしれない。違う、私がその情報を入手して聴き込んだだけだ。

あんまり好きな人いないんだよ、なんて言われると何となく罪悪感。私も最初はなんだこの歌クソだなと思っていたし。

ただずっと聴いていると、中毒性があるというか、いつのまにかライブにまで行くようになっていたのは恋心とは関係ない話だったりして。

「今度一緒にライブに行こう」

そう言われてビックリして端整な顔を見つめてしまった。

確か、次のライブは半年先だ。その頃までこの関係が続くわけないのに、何を言ってるのだろう。

ほら、自分で言った言葉にシマッタ、って顔してる。

だから、せめてちゃんと演技しないとバレちゃうよ！　なんでこんなんで、押し切られたとはいえあんな賭けできたかなぁ。

あ、そっか。あの時の様子からすると断られるの前提の告白だったか……。

思いがけず私がオッケー出しちゃったからこんなことになっているのは明白で。ゴメンね里村。一ヶ月半だけ、それだけだから、それを思い出に目の前からいなくなるから。

だからお願い。もう少し付き合って。


……その日交換した連絡先は、一生消さないと思う。

＊

その後里村がモブ先輩たちにせっつかれたからか、私たちは毎朝ＬＩＮＥで挨拶をしたり、残業終わりにＣＤショップに行ってみたりと、なんとなくよい恋人ごっこを楽しんだ。

里村は大学の時の友達とフットサルチームを組んでいるらしい。いや、知っていたけど。

私も負けじと実は女子フットサルのチームに入っていたりして。こう見えて弱小チームの中ではそこそこ上手いほうなのだ。それもこれも妄想で里村とフットサル談義をするために頑張った結果だ。

私もチームに入っていることを伝えると驚かれた。そりゃそうだ。超インドア派にしか見えない氷鉄の女が休日にフットサルなんて驚くに決まっている。

まあ私も最初のとっかかりは難しくて、同郷の親友である理子《りこ》にお願いして一緒に入ってもらった。理子に里村のことはまだ言ってない。言ったら絶対に怒られてしまう。以前、不毛な片思いは止めて現実を見たほうがいいと何度言われたことか。それでも私は里村がよかったのだ……たとえ叶わないとしても。

そして金曜日、なんと夕食を一緒に食べることになった。

もちろんその日は新品の服で出勤した。告白された後の妄想祭りの二週間で私のクローゼットは妄想デートで着ていく服がこれでもかと増えていたのだ。恐るべし、なんちゃって告白！

髪型も、同じフットサルチームにいる美容師のすーちゃんに教えてもらったオフィスカジュアルなアレンジを練習した。

期待に胸をふくらませて、金曜日を迎えた私は、残業もそこそこに終わらせて女子更衣室へ向かう。

ロッカーを開けて、まずは着替える。ヘアアレンジは何度も何度も家で練習したけれど、まだ手順を一つ間違えただけでグッダグダになってしまうから、やり直しの時間が惜しい。余裕をもたないと汗だくで里村とのディナーに行くことになってしまう。それは避けたい。

さっさとシャツを脱いで、まずはワンピースをハンガーから抜いた。

さっと羽織ってボタンを留めればいいだけの簡単スタイル。無頓着な私でもできるだけ簡単におしゃれに見える服をディスプレイ買いしたから、間違いのコーディネートではないはずだ。

ざわ、と周りから音がした。

なんとなく、わかる。いつも喪服みたいな黒スーツ一択の私がこんな服を着ていることを面白おかしく見ているに違いない。

……でも別にかまわない。だって私はもう辞めるんだから、それよりも最後の恋の思い出のほうが大事に決まっている。

私が鏡のほうへ移動すると、ざざっとみんなが横に寄る。まるでどこかの預言者のようだ。

私の腹筋がどうのとか、替え玉で妹が出勤したのだとか、好き勝手言っている周りの声なんて気にする余裕もなくて、鏡の前に立ちゴムを外すと、持ってきたワックスを片手に毛束を取る。失敗は二回までだ。

慎重にやった結果、ミスなく一度でできた。手鏡で後ろを確認しても、まあまあのできだ。本当は編み込みだとかしてみたかったけれど、いままで女子力を捨ててきた影響か無理だった。きゅっと口紅をさして、服を整えたら戦闘準備は整った。よし！　いまから戦いに向かうぞ！

私が女子更衣室を出るまで、そして会社から出るまで、周りの喧噪は止むことはなかった。

この日、私の腹筋を見た女子社員は、私のあだ名を氷鉄の女から氷鉄の戦士に格上げしたらしい……ほっといてホント。


里村との待ち合わせは、いつも目的地の駅だ。会社の最寄り駅ですら、ない。

社内で待ち合わせなんかしたら、一ヶ月半後の里村はさぞかしやりづらいだろうと思ったし、氷鉄の女と付き合ってポイした、なんて噂になったら申し訳なさ過ぎる。私に付き合わせているという罪悪感は常に持っていた。だからできるだけ、会社の人には見られたくない……不釣り合いという言葉を聞きたくないというのも、私の乙女心としての一つだけれど。

それに対して里村は不思議そうな顔をしているのが、別れることにも慣れているからなのかと思うと、若干胸が痛い。

今日は会社の最寄りから三つ目の、あまり降りる人もいないだろう駅だ。いつもほとんど人のいない残業の帰りで、会社の人の目も気にしなかったけれど、今日は金曜日、繁華街では誰かと会う可能性だってある。少しの心配もしたくない。目一杯楽しみたいから。

駅につくと、まだ里村は来ていなかった。営業は総務と違って終業時間ギリギリでも取引先から連絡があれば一通り終わるまでは帰れない。連絡がなかったから、そこまで遅くなることはないんだろう。

お互いに仕事がわかっているから、多少の待ったり待たせたりは仕方がないと思っているし、私は妄想をして時間を潰すし、里村は携帯でニュースを見たりしていれば、時間はいくらでも潰せるらしい。楽だな、と思った。

そして急ぎ残業になってしまったという連絡の後、約束の時間から四つ遅れた電車とともに里村が降りてくる。

「ごめん！　待たせた」

「ううん。平気だよ。お疲れ様」

普通に返事をしたのだけれど、里村の様子が少しおかしい。私の顔をじっと見ている。どうしたんだろう……あ、そういえば今日は気合いを入れていたんだった。

あ、服好みじゃなかったとか！　やっちゃった……？　恥ずかしくなって下を向いてしまったら、里村が何でもないように「行こう」と声をかけてくれた。

恥ずかしくて下を向いたまま「うん」とだけ答えた私は、里村がどんな顔をしていたか、知らない。

歩きながら、今日のことを考える。服はもっと露出が多いほうがよかったのか？　そうしたらお持ち帰りコースもあった？　もしくはフリフリ……いやいや、低身長の可愛い親友ならまだしも私じゃ合わない。フリフリのロリータのような格好をして里村の隣に立つ自分をイメージして戦慄した。

期待と不安を胸に抱いたまま、私は里村の隣でうつむいていた。

心がふわふわしたまま食事が進むなか、店でトイレに立った私はしっかりと見てしまった。隠れて私たちが見えるテーブルに座る先輩たちを。

大丈夫、あいつらに言われて仕方なく誘ったのだという現実は、想定内だ。うきうきしている自分になりたかっただけで、きちんと釘を刺されたことに感謝すらしないといけない。

というかこっそりと「実は賭けをしているから恋人のフリをしてほしい」と本当のことを言ってくれないかな、と少し期待していた。

言ってくれたなら、私もあと一ヶ月半で辞めることを告げて、再度私から告白して堂々

い。

と思い出をもらうのに。

どうせあと少し。恋に浮かれたアホと、モブ男たちに言われたって私は痛くも痒《かゆ》くもな
服装だって、周りは何事かと思うほどの変わりようだったとは思う。

いつもは暗いスーツで無表情だった私が、浮かれてパステルカラーのワンピースを着ているのを見て、あいつらは腹を抱えて笑っているんだろう。

そうですよ！　私は人生最初できっと最後の、大好きな人との恋を、賭けだとしても、めいっぱい楽しんでるんです！

あんたたちの思い通りに、最後はちゃんと泣いてあげるから……だから、いまは邪魔しないでほしい。

「……が、吉永？」

「あ、ごめん。ちょっと考え事してた」

うっとりと顔を眺めながら考え事をしている場合じゃなかった。

なんといっても、夕食を一緒に食べるなんて最初で最後かもしれない。耐えきれなくなった里村から別れを持ち出される可能性だってあるのだから、ちゃんと脳みそに刻み付けておかないと。

「今日はいつもと雰囲気が違うからビックリしたよ」

「うん。デートだからね？　会社帰りのこういうのとか、憧れていなかったわけじゃないから、たまにはいいかなって」

里村限定で、とは言わない。私は里村に好きという言葉を伝えていない。

そして賭けである以上、里村が自分から真実を伝えない以上、それを伝えて優しい彼が傷つくのは可哀想だから言うつもりもない。

私はただ、恋人がいる生活という潤いがほしくて告白を受け入れた体《てい》で振る舞おうと決めたのだ。……経験がないから想像で。

「里村はこういうのも慣れてそうだね。ええといまは恋人いないんだっけ？」

「え？」

あ、これは失言だった。賭けと知らないふりをしているんだから、恋人は私になるんだった。仕方なく付き合っているとわかってしまっているが故に、ついうっかりしてしまった。

「あ、なんでもない。こういう店にいつも来るの？　私は同僚とも関わらないようにしてるから、会社の周りの店はあまり知らないんだよね」

「そうなのか……。俺はまあ、そこそこ」

「別にいいよ？　里村がモテモテなのは知ってるし、友達も多いし。私は里村みたいに誰にでも愛想よくするのが無理だったから尊敬してる。バカにしてるわけじゃなくてね」

私ももうちょっと阿藤さんとのことだって上手く立ち回っていたら違ったかもしれない。

実はお笑い大好きだし、同じくお笑い大好きな経理の篠沢《しのざわ》さんと社内でコンビ組んでお笑い大会にエントリーしていたかも。

でも私は逃げちゃったから。誰とも関わらなければいいんだって思った。

正直里村のこの人当たりのよさはうらやましいし、私が彼を好きになったきっかけでもある。まさかここまでこじらせるとは思いもよらなかったけど。

「里村は人の頼みを断れないけど、それも長所の一つだからね。それに押し潰されないで二十八まで来られるってやっぱり才能だと思うし、憧れてる。ちょっと生き辛そうだなって思うこともあるけど」

例えば賭けで仕方なく氷鉄の女に告白ゲームしなきゃいけなくなってしまったいまの状況とか。

私としてはありがとうございますという感情しかないのだが。

「俺は自分が嫌いだな。逆に吉永に憧れるよ。いつもピンと背筋を伸ばして胸を張って、毅然とした対処ができる。上も下も関係なく対応できてカッコイイ。俺は誰かに嫌われるのが怖くて、なんでも聞いちゃうんだよな……なかなかこの性分も変えられない。人の評価とか印象とかに拘《こだわ》るのもバカだって思うんだけど」

「人の評価が気になる気持ちは、誰でも持ってるものでしょう？　そこは卑下しなくていいんじゃない？　ただ辛いなら、必要なこと以外はきっぱりさっぱりしちゃうのも手だと思う。自分のやりたいことをそのままに突き進んでみるのも楽しいよ。……里村ならそれでも私みたいにはならないと思うんだよね」

ふふ、と笑ってワインに手を伸ばす。

胸はドキドキしているけれど、楽しいな。恋人同士の会話なのかはイマイチわからない、というかただの同期との会話にしか見えないような気もするんだけども。

それでも里村もお酒はすすんでいるし、美味しいし、会話も続くし、楽しいな。嬉しいな。

……妄想よりやっぱり本物が、いいな。


終電にまだまだ間に合う時間に解散する。

まあ、モブ男たちもいるしね。仕方ないね。途中までは電車も一緒だから、もう少し一緒にいられる。

あとひと月半の恋。今日の食事だけでも、いい思い出になった。

私と里村の住む場所は同じ路線だ。会社により近いのは私で、いつも私が電車を降りて、ドアが閉まって里村が見えなくなるまで見送っていたのに、今日は私の駅で一緒に降りた。

もう、モブ男たちはいないのに。

それだけでもビックリしていた私に里村が思いがけないことを言う。

「あのさ、あさっての日曜とか、あいてる?」

「……うん。何もないけど……?」

一日今日の食事をネタに妄想する気だったので、何も予定は入れてない。

「一緒にどっか行こっか?」

「………」

ドッカイコッカ……ドッカイコッカ……ドッカイコッカ……。

ドッカイコッカってどういう意味だっけ? ホッカイドウ? ホッカイロ? 夏だけど? あれ、いま冬だっけ。寒くないなどうしてだろう? 固まったまま動かなくなった私に里村が慌てたように手を振った。

「あ、だめだったらいいんだ」

「だめじゃないです!!」

即答だ。反芻《はんすう》しても意味はわからないけれどこれは断ってはいけないヤツだ。

いまなんつった? ドッカイコッカ? これは完全にデートじゃないの? え? デート? ホントに? 妄想じゃなくて?

「よかった。特に決めてないんだけど映画でも見に行こうか」

「イキターーイ」

「そのあと適当に」

「イキターイ」

「うん。行こ。吉永もどっか行きたいところがあったら考えておいて」

「行きたいけど生きてられるかな」

「うん？」

まずは心臓が止まらないように生き残る。これがミッションだ――。

……これはそろそろ本格的に、怒られることを覚悟で参謀将軍に相談をしないといけない。

一人では抱えきれない……！

結局私は気の強い親友に頼ることにした。

＊

「へええ？　それで？」

じろりと睨まれて、表情筋がぴっきり固まるのがわかった。

土曜日、フットサルの練習の帰りに理子に声をかけて、私の部屋に呼んだのだ。もちろん、相談をするために。

　最初は濁して濁して伝えようと思ったのだけど、私が理子に隠し事ができるはずもない。仕方なしに全てを話し終わった後恐る恐る理子を見ると、湯気でも出ているのではないかと思うほどに怒りにわなないていた。

「……で？　その？　クソみたいなくだらない話に踊らされた結果が？　この？　クローゼットいっぱいの洋服ってわけ？　ちょっと、この花柄のフリフリとか奈央に似合わなくない？」

　私に似合うはずもないピンクの花柄のワンピースをひらりと持ち上げて、理子があきれたようにため息をついた。

「う、うん。まあそれはその……多分お花畑に二人で寝転ぶ時の妄想デート用に買った……」

「……そう。で、里村……そのクズが？　賭けで？　奈央を？　落とせるか……？　その無能なクソの先輩に逆らえなくて？」

　やばいです。理子は完全に般若《はんにゃ》の形相だ。いや、わかるよ。私のことを心配してくれてるのはよーーくわかってる。でもね、でもね、私がそうしたいの。

「うん。そう。里村はね、私が知ってるって知らないわけで、私としてはね、その、思い出がほしいなって思って。きっかけは賭けなんだけど、私がそれを利用したの。里村はホントに断られる気満々だったんだよ。でも私がね、会社ももう限界だし辞める前にどうしてもそのチャンスに縋り付きたかったの」

「奈央がそんな賭けの対象になってるとか、私がいやなんだけど。なんでそんな低く見られないといけないの？」

「理子……」

「大体さ？　先輩から言われたって、普通そんな賭けする？　断り切れないって？　優柔不断って問題なの？　それに怖いからって、奈央に本当のこと打ち明けるくらい簡単でしょ？　それをその先輩どもがいないところでデートに誘うとか、そういうのも意味不明だしわかんない」

ううう。それを言われると身も蓋もないとはこのことだ。

たしかに私だってどうしてなのかわからない。モブ先輩どもがいないところで誘うくらいなら、本当のことを打ち明けてくれてもいいのにって。なんで誘うんだろうって。

「里村も、奈央のこと遊ぶつもりなんじゃないの……？」

「それならそれでいいって思って賭けを知らないふりをしたんだよ」

私がそう言うと理子がいよいよ本格的に怒りだした。ドン、とテーブルをたたいて大きく揺れたので、私はカップを慌てて持ち上げる。

「私はさ、奈央がそうしたいならいいよ。いやだけど反対はしないし何も言わない。好きなようにしていいと思う。でも悔しいし里村にむかつくのは仕方ないよね？　顔がよくて人当たりがいいからって、やっていいことと悪いことの区別くらいはきちんとつけるべきだと思うし、そうやって八方美人してるのって私は好きじゃないの」

「理子……ごめんね」

私は、理子に感謝している。

理子は可愛い。めちゃめちゃ可愛い。はじめて会った中学の頃からずっとモテモテだ。女版里村と言ってもいいかもしれない。しかし、真逆の性格である。

ぶっちゃけ、かなりキツイのだ。

私はそこが好きだし、妄想にもハイハイ言いながら付き合ってくれて、高校、大学と疎遠になったけれど、上京のタイミングが同じだったこともあり、それからずっと仲良くしている。

とはいえベッタリというわけでもなく、いい距離感。頼れる親友。

理子の存在は私の支えだ。会社で辛かった時にも、真実が誰にも信じてもらえなかった時でも、理子は違った。というより会社なんていう枠組みから離れてみれば、人当たりのいいほう、力のあるほうの肩ばかり持つような人たちとわざわざ仲良くなる必要なんてないのだと思えた。だから一人を選んだし、その選択を後悔したこともない。

「結局奈央がいいなら私が言っても無駄だから仕方ないよ。でも……里村はさ、私、全くいい印象ないから。結局人の目ばっかり気にして、そればっかり考えてた結果が自分の首締めてるわけで自業自得っていうか。相手から告白されてるのにフラれるっていうのは、そういう男ってことだよ？」

　うう、理子の里村ヘイトは私も悪かったかもしれない。正直に里村の女性関係も話していた。私が知る限りだけれども。友達がいなくとも、女子はそういう話が大好きだ。一人で食事を取りながら総務のデスクで集まっている女子たちの会話を聞くだけで大体の情報は入ってくる。

「断れない優柔不断さがまた『はー、里村またかー、仕方ないなーもうっ！』って感じでいいんだってば！」

「あんたは里村ならなんでもいいんでしょ！」

　はい。その通りでございます。

　今日何度目になるかわからない、大きなため息を目の前でつかれる。テーブルに肘を置いて頭を支えながらじろりと私を睨んだ。

「で？　デートに誘われたってぇ？」

「そうなの！　もうね、どうしたらいいかなって思って」

「まず、私から絶対的に守ってほしいことがあるんだけど」

　理子が真剣な顔をする。これは聞かないと後が怖いヤツだと、長い付き合いのなかで私は知っている。

「ぜっったいに、会うのは日曜にしなさい」

「なんで？」

「お持ち帰りされるかもしれないでしょ！」

「お持ち帰りされたいんだけど!?」

ジトッと睨まれた。うう、怖い。でもでももしそんなミラクルがあったとしたら、最初の経験はせっかくなら好きな人がいいなって！　しどろもどろで私がそう言うと、理子はデッカイため息をついた。

「あのねえ？　それは別にいいけどさ。それで速攻で賭けが終わったらどうするの？　残りの日数奈央もいづらいでしょ？　どうせ一ヶ月半だっていうなら楽しんだほうがいいんじゃない？」

……なるほど。

確かにそれは一理ある。賭けは私を落としたらフるという内容なのだ。

もし来週にそうなってしまったら、例えば翌日にフラれるとして、私はその後の一ヶ月を死人のように過ごさないといけなくなるのは確実。一線を越えなければ、それだけ恋人でいられる時間が長くなるということ、ということは妄想するネタが増えるということだ。

ただ、その前に里村かモブ先輩が賭けに飽きて『やっぱやーめた』という終了宣言がないとは言えないけれど。

「わかった。そうする！　妄想メモリーため込むほうを優先しておくね」

「里村まじむかつく……まあいいや。だからさ、里村に誘われたら奈央は絶対に断れないんだから、土曜日はフットサルの試合の練習とか、実家の用事とか冠婚葬祭とか？　そういうので断ってさ。私としては里村に奈央が傷つけられるのが一番いやだから、一ヶ月半の間に奈央が目を覚ますのが理想なんだけどね。だって悔しいじゃない。奈央が安く見られるの！」

それが理子の本音だと、疑わなくてもわかることがありがたい。

親友の私を思う心遣いにジーンとなる。

「ありがと。ちゃんと、会うのは日曜日にするから。……あ、でも明日が終わって、里村がまた誘ってくれるかもわからないけど」

「里村ホントむかつく。奈央にこんな思いをさせて……」

「幸せだからいいんだってば！　妄想用に私が利用してるんだってわかって？　里村は私が知ってるって知らないんだから」

理子はブチブチと里村に文句を言っているけど、私が望んでいることを知っているから、絶対に止めろとは言わない。そんな理子が好きだ。

そのままぶつぶつと口ごもっていた理子が、私に向き直り真剣な顔をした。

「奈央、あのね？　私本当はね、奈央にずっと東京にいてほしいの。私はもう地元に帰るつもりもないからさ」

「理子……」

理子は主にその容姿のせいで、地元では浮いている。なんといっても男子が理子にオチすぎて、女子たちからのいじめにあっていた……らしいのだ。高校の時の話で本人もあっけらかんとしてはいるのだけど、私はちょうどその時疎遠になっていたから知らなかった。

それをいまでも悔やんでいる。力になりたかった。

「だからね、きっかけはどうであれ、こうやって奈央が色々おしゃれに興味を持ったりすることで、もし里村にフラれたとしても里村に飽きたとしても、里村以外の外の世界も見てくれて、可愛くなってもっといい男を見つけてこっちで結婚してくれないかなって企んでるの。里村とのことを応援してるわけじゃなくて、私のためだから、奈央が綺麗になるのは応援する。元がいいんだし、本気になったら里村よりいい男、絶対見つかるからね」

「えええ？　私そんなたいしたもんじゃないって……」

「何言ってんの？　こーんなオバサンみたいな地味メイクじゃなくてもっとちゃんとしたら、里村にだって負けないんだから」

里村を見たことないから言えるんだ！　と思ったけど、理子が言うと説得力があるような、ないような？

しかし、強力な助っ人には違いない。理子はアパレルショップで働いていて、人に似合うものを探すのが得意なのだ。

いままではいいよいいよで来たけれど今回は違う。里村に釣り合うようになりたい。

そう言うと理子は今日一番の盛大なため息を一つついて、私の手を取った。

「いまから、買い物行くよ！　里村よりいい男をつかまえるための！」

その日、結局私は簡易クローゼットも一緒に購入することになったのだった。

第二章　未来の悲観よりいまの現実が大事

「ごめん。待たせたかな?」

本当は一時間前に来ていた。混み合うターミナル駅の改札が遠目に見える店で、コーヒーを飲んで、里村が降りてくるのを待っていた。待ち合わせは午後三時。映画を見て夕ご飯を食べて解散っていう、気まずさの少ないデートである。もっと早くに待ち合わせをしてもよかったのだけど、私の心臓が、持つ気がしなかった。

里村が十分前に改札に到着するのを確認して、その三分後に何食わぬ顔をして声を掛ける。

「いや、いま来たところだよ。まだ約束の時間じゃないし」

「やっぱり時間は守らないと駄目だよね。さすが営業はきっちり時間を守るね」

「吉永もさすが、ぴったり五分前だもんな」

そんなとりとめもないことを話しながら、映画館まで歩く。

歩幅を合わせるのも上手。さりげなく車道側を歩くのもさすがだ。

凄い！　凄いよ里村！　さすが百戦錬磨のモテ男！　本当に里村とデートできるなんて。これは現実なんだろうか？　私服も超かっこいい！　やばい尊い目が潰れる。いや潰れた。……いやいや潰れたら映画見られないじゃん。しっかりしようよ私！

「で、なんの映画見るの？」

「うーん、吉永は何が好み？」

里村が見たいものが私の見たいものですけどなにか？

「私けっこう何でもいけるほうかな。映画は一人でもたまに見に来るし、その時何か目についたものを選んでる感じ？」

「あ、俺もそんな感じだ」

映画館について、ディスプレイに映っている、いま上映しているラインナップを二人で見上げた。

「うーん、どうしようかな」

そう言う里村をチラッと見る。なんとなく、自分で選ぶのがいやなんだろうなと思った。自分が選んだ結果つまんなかったらどうしようとか、考えていそう。……ほんっと、優柔不断っていうか、そんなに人の気持ちばっかり考えなくてもいいのに。

まあ、そこが好きなんだけど。

「じゃあ、このアクションコメディ映画は？」

よくCMでやっている、観客動員数ナンバーワンの夏映画を指さしてみた。いまから上映も始まるしちょうどいい。これなら、まあ当たり障りのない感じなのではないだろうか。絶対NGは恋愛もの。あれは鑑賞後がキツい気がする。

「じゃあそれにしよう」

チケットを二枚買って、ドリンクを買って、入場コールを待つ。

その間にチケット代の話になった。里村がどうしても奢《おご》ってくれると聞かないから、困ったけど押し切られてしまった。夕ご飯は絶対に奢る！　なんと言われても、奢る！　かわいげがないと言われようと里村の財布に打撃を与えるわけにはいかないし、ホント、これ何のご褒美？　っていうくらい、私は浮かれているのだ。

もう、給料全部払ってもいい！　ってくらい。

これなら田舎に帰っても妄想ネタはしばらく持つ気がする。

映画はとても面白かった。

「どうだった？」

まずは私に感想を言わせて合わせる気なのはバレバレだ。

でも、それでいいんだ。里村が楽しいと思えるデートにするのが一番だもん。

「面白かったよ！　実は自分が宇宙人だったなんて意外すぎた」

私の言葉にホッとしたように里村も笑顔を見せる。……うっ、その笑顔、危険ですエマージェンシーエマージェンシーと・う・と・い!!

「俺も！　そう思った。最後の生き残りの宇宙人が自分だったなんて、どうなるんだろうなぁ。気になる終わり方だったし」

「人気があったら続でもやるつもりなんじゃない？　この動員数ならありそう」

その頃には私は会社を辞めて、田舎でお見合いでもしてるのかもしれない。そのまま母親にせっつかれてすぐ結婚して、子供なんかできちゃったりしてね。

はあ……実家になんか帰りたくないなぁ。やっぱりこっちで再就職しようかな。

「続編が出たら、また一緒に見に来よう？」

まーた何か言ってる。思わず笑ってしまう。

「続きが出るのなんて、きっと数年後だよ？」

この間、ライブに誘ってしまった時にシマッタって顔をしてたから、今回も焦り出すのかと思ったのに。

「うん。その時、また吉永と見たいなぁ」

そう言われて、固まった。

なんで、そんなことを言うんだろう。私とは賭けのはずで、それがわかったら気まずくなるのはわかっているはずなのに。まるで未来を疑ってないみたいに言われると、どうしたらいいのかわからない。何も考えないで言っているんだろう言葉は、私にはずっしりと心に乗っかる。

……賭けなのに。本気じゃないのに。期待なんてしてないけど。

「そう、だね……」

私はその時、里村の視界にはいないから。里村はこの映画の続きを、きっとほかの誰かと見に行くんだろう。

ううん、それはそれ、これはこれ。私はいまを楽しんで、思い出をもらうんだ。

だから、この演技に騙されたふりをする。騙され続けてみせる。

「夕飯どうしよっか?」

「帰りやすいように駅前の居酒屋でいいんじゃない?　いまの時間なら余裕で入れるでしょ?」

「もうちょっといい店でもいいんじゃないか?　ここらへんだと静かでゆったりしてる店も多いし」

ふむふむ。それが里村のデートの定番なのか。

でも私はどうしても、『安い居酒屋でキャイキャイ騒ぎながら過ごす二十代前半カップル時代の私と里村』という妄想を叶えたい。

それに、本当は里村がピシッとしているレストランは好きじゃないのも知っている。『女性を喜ばせるには』という自分の統計学にでも基づいているのだろうか？　そう思うと本当に苦労人だ。正直断ったほうが楽なんじゃないの？

……どうして里村は断らないんだろう？

どう考えても女好きってわけじゃないし、断り切れなくても「好きな人が……」とか決まり文句でも言えばよさそうなものなのにな。

そこまで考えて思い直す。そういえば里村が付き合うのは全部、かなり押しの強い女子ばっかりだった。……断ってぎゃあぎゃあ騒がれるのがいやだとか、ありそうだ。

「一昨日ちゃんとしたところ行ったし、今日は気楽に行きたいかなぁ」

自然に誘えただろうか。正直心臓はバックンバックンだ。

だって、里村が楽しめないのはいやだし、いいお店で遠慮するより、もっと素の飾らない里村が見たい。心のメモリーにため込みたい。

「吉永がそれでいいならそうしよう」

よっしゃ！　釣れた！　どこかホッとしてるように見えるのは気のせいじゃないはずだ。

「乾杯」

安いチェーン店の居酒屋は、老若男女でごった返している。

うん、これくらいのほうが緊張しないで済むな。

「今日は誘ってくれてありがとう。楽しかった」

ちゃんとお礼を言わないとね。

私の言葉に里村は照れたような笑顔を見せた。う……かかかか、かっこいい。こんなの慣れっこなんじゃないの？　どうしてそこで頬を染めるの！　そうやって女子を虜にしてきたんだね！　引っかかる、もちろん私はすぐに引っかかる！

「俺も楽しかった。今度はもうちょっと早く待ち合わせできたらいろんなところ回れるんだけど」

「！」

今度？　今度があるの？

嬉しいなと思う反面、そんなに先輩が怖いのかとなんだか申し訳ない気持ちになってしまう。それでも私は嬉しくて、最後はちゃんとフラれてみせるから、いまだけ、この時間だけもう少しだけ、……そうやってずるい自分になってしまう。


結局割り勘で会計をして店を出る。梅雨が終わってジメジメとしていないながらも肌に貼り付くスカートが気持ち悪い。パタパタとさりげなくスカートを揺らす私を里村が見ている。やばい、行儀が悪かった？　こんな服普段着ないからなぁ……。

「なにかついてる？」

ごまかすように聞いたけど、里村は口ごもるばかり。

「……なんでもない」

同じ電車に乗って、帰る。いつものように自分の駅の近くになったので里村にお礼を言った。

「今日はありがとう。とっても楽しかった」

間違いなく世界幸せ選手権があったら優勝してたよ！　ありがとうありがとう。胸の中で何度もお礼を言うのを忘れない。

里村はそんな私を見て、何かを言いたそうにしている。

「吉永、今日さ、このあと……」

「うん？　……あ、もう着いちゃう。じゃあ、また明日、会社でね」

去る時は未練を出さず、ありがとうの気持ちのまま別れるのが鉄則！

そう思って言ったのだけど、里村は困った顔をしていて。

「……いや、楽しかった。ありがとう」

その表情が気にならなかったわけじゃない。でも私は今日のデートを記憶に残したまま、どう妄想の中で調理するかで頭がいっぱいになってしまっていて、そのまま電車を降りて手を振った。

その日の妄想は世界妄想選手権で優勝できるくらいに捗った。

閑話　友達か同僚か、それとも

……はじめてだった。自分の家に女性を誘おうとしたのは。

わかっていた。あの時、告白をすることを強制され、最低な言葉を投げかけた時から、そして二人で過ごす日々が重なるたび、会話を交わすたび、何度も思った。

彼女はいままで付き合ったタイプの人ではないと。

楽しませる話題を探さなくても自分が楽しい。気まずくない。

いままでだって、俺に合わせようとしてくれていた子はいっぱいいたし、俺が楽しめるよう、話題を振ってくれる健気な子だってたくさんいた。

それでも俺は『俺を楽しませようとしてくれる彼女たち』を楽しませようと話題を振ってきたのだと、吉永と会話をしていると思い知らされた。

本当に楽しくて、何も話さない空間でも気まずくないのははじめてだった。

思わず、趣味が一番合う、合わないだとか、内容への共感だとか、デートの基本でありながら価値観の違いに気づく要因にもなりやすい映画に誘ってしまったのは、きっと吉永なら大丈夫だと思ったからなのだろう。

そして、趣味が合わないかもという思いはやはり杞憂で終わる。映画が終わった後も価値観は一緒だった。俺が見たいものと同じものを選んでくれたのもありがたかった。あそこで恋愛映画を選ばれたら、気まずいにもほどがあるというものだ。

居酒屋に向かう時、空いた彼女の左手がふと目について、手を伸ばしそうになった。触れるか触れないかになって、自分のしようとした行動に気付いてビックリした。

一緒に食べていても、無理せずに会話が弾む。笑顔を作ることもしなくていい。気の利いたことを言わないと、楽しませないと、などと思う前に、俺自身が楽しくなって、もっと話をしたくなる。

……そう、言ってみれば男同士の気安さのようなものまで感じている。

けれど男友達とは何かが違うとわかるのは、デートをしてもあまり表情が変わることのない吉永が、ふと俺に笑いかけた時に感じる、胸の奥に小さく息づくもの。

さんざん色んな女の子と付き合って、あぁこの子可愛いな、健気だな、好きだな、と思っていた。さすがに付き合っている人に何も感情が乗らないほどの冷血漢じゃない。

でも吉永に対する思いはそれとは違う。いままでの、ふっとその時だけ湧き出る「可愛いな」ではなく、奥のほうからじんわりと暖かくなるような、思いが溢れてくるような、そんな気持ちだ。いったいこれは何だろう。


店を出て、「今日は暑い」なんて言いながら、汗で貼り付いたスカートを直すしぐさに、今度は胸がドクリと疼《うず》いた。

ふわりと浮かぶスカートの中、膝が少し見えてしまったのも目の毒だ。

社内の制服でも見えているはずのその場所が、揺れるスカートから覗くだけでどうしてこうも扇情的に見えてしまうのか。


別に、こんなの見慣れているのに――。


気を紛らわすように、暑いふりをして自分の手で顔を扇いだ。

電車に乗って、もうすぐ別れだ。そう思うと、もっと一緒にいたい気持ちになって、思わず明日が仕事だということすら忘れて家に誘おうとしてしまった。

結局それは叶わなかったが、それでよかったんだ。

家に帰って、冷水を浴びる。冷静にならなきゃいけない。俺は、彼女に嘘をついているのだから。

そうだ、早く言わなければいけない。今日だってずっと考えていた。

でも、この楽しい時間が終わってしまったらどうしようと、そう思うと怖くて言えなかった。

軽蔑の目で見られたら？　会社の中ではずっと、堅い顔しかしていなかった吉永が、俺にだけ、たまに見せてくれるぎこちない笑顔が、ほかの人を見るのと同じ顔になってしまったらどうする。

そう思うと、俺は何も言えなくなって、ただとりとめのない話を続けることしかできなくなってしまった。

どうしてそう思うのか。いままでだってほとんど関係なく過ごしてきたのだから、たとえそうなったとしても俺が会社にいづらくなることもないだろう。

恋人にフラれた後だって何事もなく俺は過ごしてきたんだ。いまでも彼女たちに声を掛けられれば普通に応じる。復縁の話題だけは避けるけれど。

でも吉永は、吉永だけはどうしても、そうなることに耐えられる気がしない。

「……どうしたらいいんだろう」

冷たい水が排水溝に流れていくのをしばらく眺めていると、ようやく気持ちも落ち着いた。

部屋に戻るとテーブルの上の携帯が光っていて、吉永かもしれない、そう思うと体を拭くのもそこそこに画面に飛びついた。

メッセージは、二件来ていた。一つ目は吉永から。

『今日はありがとう。とても楽しかったです。ではまた明日、会社で』

彼女らしい簡潔なメッセージだ。もうちょっと……甘くてもいいような気もするけれど、それは高望みというものだろう。

そして、もう一件は。

『来週の練習試合、来るよな？　メンバーに組み込んでるからよろしく』

その差出人は、俺が一番頼りにしている親友からで、この出口が見えないモヤモヤをどうにか誰かに相談したくて俺は返信を打った。

『行く。んで、今週どこかで会えないか？　宗佑《そうすけ》に話聞いてほしい』

*

「……で？　なんなわけ、そんな最低な話、はじめて聞いたんだけど？」

居酒屋の個室に宗佑を呼び出した俺が現状を相談した第一声が、それだった。

高橋《たかはし》宗佑は俺の高校時代からの友人で、いまもフットサルを一緒にやっている男だ。いつも柔和に笑いながら穏やかそうに見えて、実はものすごい毒を持っている食えない男。女性にモテているという理由だけで俺が宗佑とどこか似ているような扱いを受けているのは、正直あまり納得していない。

俺は嫌われるのが怖いという理由から流されるままにイエスの態度を取ってしまうのに対し、こいつは好かれることが得だと思い上手に笑顔を作りながら、絶対に自分の領域に踏み入らせない。

相手が強く出ようが、俺のようにブレることはない。そのくせしっかりと本心を悟られないように誤魔化せるのだからたいしたものだ。俺もそれができたらいいなと思ったことは多かったけれど、まあ無理だった。

大学も同じところに行き、俺はいまの会社に就職したが、宗佑は学生起業をして成功した。凄いヤツだと思う。

立ち上げを手伝ったことで、そのまま会社にと誘われたが、俺は安定を選んで大手企業に就職したことを後悔したこともないし、宗佑がそれに何かを言うこともない。

お互いがよい距離感でいられるのが心地よいと思っている。二人とも笑顔で他人をごまかしながら生きてきたという共通点もあるし、俺より女性に人気がある宗佑がいてくれると、勝手に引いてくれる女子が多かったので楽だったというのもある。

宗佑にも全く同じ事を言われたけれど、いまはもう、環境も違うから宗佑の女性まわりがどうなっているかは知らない。

「成り行きというか……、流れで断れなかったんだよ。絶対にフラれると思ったし大丈夫だろうって」

第三者からしたら当たり前の反応だ。それだけのことを俺はしている自覚はある。

それでもどうにかしたいと思っているのは事実なわけで。

「いや、そういう問題じゃないだろ？　普通に生きてたらそれが最低だってわかると思うけど。まあ、やっちまったことは仕方ないけどさ、その子にちゃんと言わないと駄目なのはわかるよな？」

「わかってる。言わないといけないってずっと思ってるんだ。だけど、一緒にいるのが楽しくて、言いづらくなってるというか……」

もやもやと煮え切らない俺の様子に、宗佑は胡乱《うろん》な目を向ける。

「だけども何もないだろ。一緒にいるのが楽しいんだったら、きっかけは賭けかもしれないけれど、普通に付き合うことだってできるんじゃないか？　『最初は先輩が怖くて告白したんだけど、一緒にいるの楽しいし、付き合おう』って言ってみれば？　最初に告白を受け入れているってことは紘一のこと好きってことなんだろうし、脈はあるんだろ」

当たり前のように言われるその言葉は、いままで俺の中で何度も何度も繰り返した正論だ。

「わかってるんだよ。でも最初に言わないで告白してオッケーもらってさ、今更嘘でしたって言えるか？　自分で言うのもなんだけど最低すぎるだろ……」

「じゃあ言わないでいますぐにでも別れて、そのクズ先輩に『フラれました』ってあやまっとけよ。まだ一週間ならその先輩も何も言わないで引き下がるだろ」

「いやそれは……」

何を言いたいのかわからないといった様子の宗佑と、何を言ったらいいのかわからない俺は、箸でつまみを転がしてはもてあそび続ける。

自分でもわからないのだ、このモヤモヤが。罪悪感だけじゃない何か。形になりそうでならない。

やがて宗佑がため息をついて、何かを考えた後に漸く言葉を探し当てたように言った。

「……紘一はその子のことを気に入ってるんだろ。できればこのままお付き合いしたい。賭けって言って離れていかれるのがイヤってことでいいんだよな」

「……」

無言を肯定と受け取ったんだろう。うーん、と首を傾げてから向き直り、人のよさそうな顔でにこりと笑う。

「つまりさ、紘一はその子に本気になったってことか」

「……え」

　何を言われたのかわからなかった。いや、言葉は正確に脳に伝わったのに、それを頭の中で構築することができないと言ったほうが正しいのか。

　そんな俺にお構いなしに宗佑は声を出して笑いだした。

「長い付き合いだけど、俺はいままで紘一からそういうこと聞いたことがなかったわけ。誰かに嫌われたくないとか別れたくないとか、恋愛ごとなんかでさ。むしろ彼女の話題なんて出したこともなかっただろ？　そんな紘一がここまで悩むってことは本気になったからじゃないのかなって」

「そんな――」

　違う、と言おうとして言葉が止まった。やっとさっきから宗佑に投げかけられている言葉が回り始める。

　俺が、好き？　誰を？　吉永を？　そんなことあるはずない。そう思おうとしたのに、心が違和感を覚える。いままでの恋人にはなかった感情。

　何かをしてあげないといけないと思う前に、吉永に対しては一緒に楽しんだらいいと思ってしまう。

　……いままで俺はいつも先回りして彼女たちを楽しませるようにしていた。そのほうが楽だから。喜んでくれれば俺が楽だから？

——いや、吉永は違う。趣味が合うことが嬉しくて、一緒に喜ぶことを探して、無理をしないでただ楽しいだけで。そう、きっと友達のような。恋人じゃなくて。

「ふーん。じゃあ可愛いと思ったり、欲情したり、抱きたいと思ったりはないってわけ？」

「友達の延長、だと……」

「それは……」

ある、としか言いようがない。じゃなければ部屋に誘おうとなんかするものか。

あの時の捲《めく》れたスカート。会社じゃ見られない笑顔に思わず手を取ろうとした。

賭けだと知って離れていくのが怖くなった。

それはつまり——。

「好き……なのかな」

俺の言葉に宗佑が呆れた声を出す。

「今更だろ……？　っていうか、ここまで言わないと気付かないって、人間関係に聡《さと》い紘一がありえないくらい本気で参っているってことなんだって思うとおかしいけどな」

——好きだ。

そう思えば、いままでくすぶっていた気持ちが腹の中にストンと落ちるのがわかった。

ただ呆然としてグラスを呷《あお》って、中身がないことに気付くほどに動揺しているのが自分でもわかる。心臓が落ち着かない。

「……まじか」

もう観念した。俺は吉永が好きなんだ。諦めたように俺が漏らすと、個室内に柔らかい笑い声が響く。なんでそんなに嬉しそうなんだ。俺はいま自分の気持ちがわかってどうにも落ち着かないのに。

「あの里村紘一がここまでなってるなんて聞いたら歴代彼女は嫉妬するんじゃないか。紘一が誰かに固執するなんて俺でも信じられないしな」

「別に彼女たちとだってちゃんと付き合って……」

いたとは言えないかもしれない。いつも顔色を窺って相手の機嫌を損ねないようにしていたのだ。別れを持ち出されたらホッとしていたような気さえする。

呻《うめ》きながらテーブルに突っ伏す。マジか……。マジで……？

好きなんだと思えば、小さかった想いが形を持って膨らんでいくのが自分でもわかる。どうしてわからなかったんだろう。きっともう、好きだったんだ。好きになっていたんだ。うらやましかった。人の目を気にしないで自分を持っている吉永が。ずっと憧れていた。俺とは違う人種なのだと線を引いておきながらもずっと気になっていたんだ。

賭けはただのきっかけにすぎなかったのかもしれない。むしろ、賭けを口実にしようとすらしていて、俺は先輩の誘いを強く断らなかったのかもしれないとすら。

「……で、どうするつもりだよ。俺的にいまの状況は最悪だと思うけど」

急に真顔になる宗佑に、冷や水を浴びせられたような気にさせられる。

……そうだ。賭けだと知られたら吉永は離れていくだろう。漠然とそれがいやだと思っていたのは、憧れていた吉永からの侮蔑の視線と、はじめて好きになった人から嫌われてしまうという不安だ。

吉永は告白を受けてくれたからには、俺に一定以上の好意は持ってくれているはずだ。それは断言できる。でも、俺が吉永に持つほどの感情なのかと言われたら、あの様子からはうかがいしれない。

いまは好きだと思ってくれていても、そんな最低なことをしているのだとわかったら離れていくかもしれない。それが怖い。

「まず賭けで告白したってことはきちんと言わないと先には進めないだろ？　謝罪して、その上で付き合ってもらわないと」

「わかってる」

「……あのさ、確認なんだけど、今回は特殊な事情だし、紘一は自分から告白したのがはじめてだからちょっと特別に思っているだけかもしれないとかってことはない？　……実際告白し直してから実はやっぱり好きじゃなかったかも、なんてことになったらお前の最低人生更新になるからな」

俺の真意を確かめるように宗佑が言葉を重ねる。

宗佑もきっと、恋なんてしたことがない。一方俺は、いまのいままで宗佑とは違うと思っていた。

しかし結局それは、「恋愛していたつもりになっているだけ」だったのだと気付いてしまった。俺たちは二人ともそうだったから、わからなくなっていたんだ。

だって何もなりやしないと二十八になって気付くってどうなんだ？　経験値だけ積ん

「別れたくないと思うし、もっと知りたいと思う。こんなのははじめてなんだ？

「――じゃあさ、改めてハッキリ言うけど、すっごい最低のこととしてるって自覚は持て。いまの紘一は惚れた女に嘘ついて騙して、でっかい爆弾抱えて付き合ってるってことだからな」

そのあまりにもな正論に、わかっていたことであるはずなのに改めて鈍器で叩かれたような衝撃を受ける。

騙している。そうだ。俺は吉永に最低な嘘をついて、告白をして付き合っている。

このままでいいわけがない。でも、今更どう言えば信じてもらえるのかわからない。一度最低な嘘をついている俺が、いま本当のことを言ったとして受け入れてもらえるんだろうか。

足下が凍り付くような気持ちになって、動けない。

「……本気なら、謝罪してもう一回きちんと告白しないと」

「ああ、そうだな」

俺の決心が宗佑に伝わって、やっと、張り詰めていた空気が和らいだ。そのまま自分のスマホを俺に見せる。

それは、今週のフットサルの試合の、出欠の可否。

「今度のフットサルの練習試合、彼女誘ってみたらどうだ？　お前のテリトリーの中に入れてあげれば、信用度も上がるだろうし、もうちょっと言いやすい雰囲気になるんじゃないか？」

……正直、昔、彼女をフットサルに連れてきたことはある、けれどロクな思い出がない。でも吉永なら、みんなにも紹介して、それで俺をもっと知ってもらって、吉永が賭けだって知っても、騙していたけれど、本当に騙すつもりはなかったのだと言えるかもしれない。

それが最善の案に見えて、俺は縋った。

「宗佑、今週誘ってみる。俺レギュラーで入れといて」

「オッケ。まあ、俺も見てみたいしな。紘一が本気になった子にすごく興味ある」

茶化すように言われたけれど、真実心配してくれているのがわかる。

その日、時間が取れたら吉永に言おう。本当のことを言って、それでも、きっとはじめから好きだったから、本当に付き合わないかともう一度。

覚悟を決めてしまえば幾分か楽になった。

「宗佑ありがとな。なんとなく光が見えてきたというか……はあ。まさか自分がこうなるとは思わなかった」

組んだ手を額に押しつけるようにして、大きくため息をつく俺を見て、宗佑はひょいと肩をすくめながら目を細める。

「いや、俺もまあ紘一と似たようなもんだったしな。その中で惚れた女見つけたのは羨ましくもある。だから、俺も少しは協力してやる。……好きな人、ねえ。いいな、本当にうらやましいよ」

その顔が少し寂しそうに見えたのは、きっと気のせいだろう。

第三章　心のサイリウム限界まで振って

「あ、そうだ。今度の日曜日、予定ある?」

「えっ?　ないけど?」

木曜日、唐突に里村が言った。

フットサルの練習だってほかのどんな用事だって、里村のお誘いのほうが順位は上だ。うちのフットサルチームの練習は、土曜日はあるけど日曜日は休みだったはず。もしかして、またデートに誘ってくれるの?　神様なの?　お恵みなの?　なんでもいい!　ホント……好き!　ニヤニヤする顔を必死に無表情で取り繕う。

「フットサルの練習試合があるんだけど、来ない?」

「……え?」

フットサルって、里村のチームってこと?　それに誘ってくれるの?　そりゃもちろん。

「行きたい!　……けど、行っていいのかな?　プライベートでしょ?」

さすがにそこは、踏み込みすぎなんじゃないかな?

いくら私でもそこまでは望んでない。里村のプライベートの人間関係に関わるのは、思い出にするには濃すぎる。

「プライベートも何も、付き合ってるんだから。それに、吉永もフットサルやってるなら大丈夫。変なことしないだろ？」

「変なこと？」

妄想ならいっぱいすると思うけど？　汗ばんだシャツ、流れる汗。筋肉の隆起に目が釘付けになってそりゃもう捗りそう。っていうか付き合ってるって、パワーワードありがとうございます！　それだけで今日はおなかいっぱいです。感謝……マジ感謝……。

「うーん、他の応援の子ともめたりとか、ピクニックセット持ってきて騒いだり、応援の声が他人を貶《おとし》めるような言葉だったり」

「うわ、それはさすがにない。ご愁傷さま」

モテ男ならではの悩みか。

それでも私は大丈夫なのだと踏んでくれたのは嬉しいし期待には応えたい。

「見たいからお邪魔しようかな。誘ってくれてありがとう」

帰り道、脳内はお花畑に蝶々が飛び交って、更に虹がかかってえらいことになっている。

私いまなら空も飛べるかもしれない。いや無理だわ。

というか、里村の陣地に私が一人で行くというのはどうなの？

アウェー感半端ないよね？　いや、嬉しいよ？　嬉しいけど、心の準備が……。私の奇行で里村の仲間内での評価が下がったらどうしよう！　私じゃなくて里村の。

『お前あんなのつれてくんのかよー』

『里村のことずーっと見てハァハァしてたぞ』

『気持ち悪いのにひっつかれてんなぁ』

あああ、私のせいでチームメイトに晒し上げられる里村の姿が見える……！

ストッパーが必要だ。絶対に。確実に。

私は帰ってすぐに理子に電話を掛けた。もう理子しか頼る人がいない。駄目になって不抜けたら、理子にチョップしてもらおう。

「なんで？　私がそんなのに行かないといけないわけ？　いいじゃない不抜けた奈央を見せれば。可愛いってなるかもしれないでしょ」

「なるわけないでしょ！　ねえ理子、まだ私猫被ってるし、いきなり奇声とか発したらどうしようとか思うと……理子しか頼れないのお願い！」

「……仕方ないなぁ」

やった！　と喜んだのもつかの間、次の瞬間恐ろしい言葉を聞いた。

「私がその里村を品定めしてやる。奈央を騙してるそのご尊顔、拝見してやろうじゃないの」

ひぃ……人選間違ってないよね……？

＊

私はいま、運動場に立っている。

市で管理している運動場はそこそこ広い。フットサル場だけでなく野球場やテニスコートなどもコンパクトに収まっているここは、私も何度かお世話になっているから、現地待ち合わせでも何の問題もなかった。

隣には不機嫌を隠さない理子がいる。唇をつんとさせているのが、とてつもなく可愛い。

「理子、もうちょっとだけ愛想よくしてよ」

「里村に見せる笑顔はない。私は敵情視察に来ただけだから」

心配してくれているのはわかってるから何も言えない。

それでも、さすがに私のことをいつも考えてくれる理子だ。里村のチームに近づく頃には立派に仮面を被った女子を演じてくれる。……だから好きなんだよね。

挨拶をしに行った時に見たチームメイトの男の人の中でも、里村は別格だった。一番かっこいい。いや世界で一番かっこいいと思う。知らず目をハートにさせていたようで、隣の理子に脇をつつかれる。

「どれが里村？」

小声で聞く理子に、私はもちろんこう答える。

「一番かっこいい人！」

頭がパーになってるのがわかったのか、理子は小さく息を吐くと、さっきよりも強い力でがっつり殴られた。

「いったぁ……」

「吉永！」

頭を撫でていると、私に気づいた里村が人をかき分けて来てくれた。正直キュンが止まらない。元々友人と来ることは告げていたので、営業マンらしい笑顔を理子に向けた里村はゼロ円スマイルをして挨拶をする。

「吉永から聞いてます。山田《やまだ》さんですよね。里村紘一です。よろしくお願いします」

はー、親友にご挨拶とか、もうこれ完全に恋人同士みたいじゃない？ ……あ、恋人同士だった一応！

そしてさすがは理子だ。里村と同じくらいの営業スマイルをがっつりと披露する。

理子は可愛いから、みんなこれでメロメロになるのだ。……まあ多分、里村とは類友だろうから恋には発展しないと私は踏んでいる。

万が一そうなったら、……応援はする。お似合いすぎて涙が出る。そうしたら子供を抱かせてもらおう。きっと可愛いんだろうなぁ。天使みたいな子供ができて、『なおおばちゃん』なんて呼んでくれて、私はその子に貢ぎまくる人生を送るんだ。うん、それも……いいかもしれない。きっと里村に似て色素の薄い髪の毛に、優しげな目元、でも理子に似て眉はキリッとして小顔で……。

「……奈央、何考えてるか大体わかるけど私に失礼だから止めてくれる？」

「吉永、どうしたんだ？」

はっ、しまった。また妄想の世界に入り込んでしまった。

だらしのない顔をしまって何食わぬ顔をする。

「ううん。なんでもない。今日の相手は強いの？」

取り敢えず話題を変えることにした。

「ああ。まあよくやってるところなんだけど、勝ったり負けたり、半々ってところかな」

「応援するね。頑張ってね」

ぐっと握りこぶしを作って里村を見つめると、里村も同じように拳を握って、同じ高さにあげる。そして満面の笑顔。

「頑張るよ」

うわ、うわ、うわ！　眼福です。写真……写真撮らせてホント。うっかり鞄の中に手を入れて、理子にはたかれた。おっと危ない危ない。怪しい私を見せてしまうところだった。

キリッと顔を作ったけど、うまくできただろうか。

「絶対勝つから、見てて」

「う、うん」

ポーッとしている私を尻目に、理子はずっと里村を見ている……品定めか。定めているのか⁉

「じゃあ、応援席行くよ」

私の手を引っ張り、ぐいぐいと応援席に向かう。

その間も、私を見て手をひらひらさせてくれる里村に、脳内ハート乱舞の私なのだった。

「あ、里村くんの彼女？」

応援席につくなり、声をかけられた。私たちと同じくらいの年ごろだろうか。私は軽く会釈した。彼女です、と堂々と言えるような存在じゃないし、なんとなく言えない。脳内では彼女だけど、私は本物じゃないのだ。

「里村くんが女の子連れてくるの最近見ないから珍しいと思って。ええと、そちらの方はお姉さん？」

まさかの理子が彼女だと思われてる説！　いや納得だけど。

「やだー。違いますよ。彼女はこっちです。私は友達。里村さん溺愛の彼女はこの子ですから。今日もどうしても来てほしいって言うからー」

私は氷のように固まった。

ナナナナニヲイッテルンダリコサン！

「え？　そうなんだあ。里村くんから誘ったの？　じゃあ本当に溺愛なのかも」

ナナナナナニヲイッテルンデスカオネエサン!!

「そうなんですかぁ？」

理子が何も知らないフリを装って話しかけると、女性はコロコロと笑って答えてくれた。

「本当にね、いつも変なのにばっかりつかまっててね。押し切られてたまーに練習にも連れてきてたんだけど……あんまりいい感じじゃなくってねー」

「あ、それは少し聞きました」

「それも話したんだ。もうあれから二年？　三年？　彼女は連れてこなかったんだ。だから本命溺愛彼女なのかなって！　あ、私はあそこのあの人の嫁だから、ライバルじゃないからね！」

「そ、そんなこと思ってないです！」

ぶんぶんと手を振ると、女性はまたコロコロ笑い声を響かせる。笑い上戸なんだろうか。

「もうね、里村くんの彼女は、誰かが里村君に近づくと威嚇してくるからみんなウンザリしていたのよねー。なんで毎回そんなんばっかりなの？　って」

　里村マジで不憫なやつ……ものすごい自業自得だけど。変なのにばっかりつかまってたんだね……あ、人のことは言えないか。私は乾いた笑いを返すしかなかった。

　理子はニコニコしたまま、何かを考えている。声を掛けようと思ったけれど、グラウンドに里村が出てきたので私はすっかりそちらにばかり意識を向けてしまって、理子のことは頭からすっぽ抜けた。

　フットサルをしている里村は、やばかった……。色気を放出しすぎていた。

　いや、歴代彼女さんたち、わかる、わかるよ！　うちわを振りたくなった気持ち！

……あれ？　そこまではしてなかったっけ？　声援だけじゃ足りない。指さして！　って叫びたくなる。ピースして！　って言いたくなる。尊い、尊いしか出てこないこの語彙力が憎い！

　ふとした時に私のほうを見てくるのがまた……不意打ちで！　かっこよすぎるでしょ？

汗！　汗！　買います下さい！　ペットボトルに下さい！　むしろそのタオル、タオル下さい！　一生洗わないで取っとくから！

　内心の興奮は顔に出ていたかもしれない。冷静でいられるはずがない！

　頑張れーとか、そんな単調な言葉を表情筋の代わりにグラウンドに送ることしかできない歯がゆさ。

「今日の里村くん、いつもと違うんだけど。吉永さんが来てるからかなぁ？」

揶揄《からか》うようにその女性に言われたけれど、私は顔を引きつらせることしかできない。そんなことはあるはずないんですよ、なんて言っていいところでもないことはわかっているから。

——試合は、里村のチームが勝った。ひいき目に見ないでも、里村が頑張ったからだと思う。

「吉永、どうだった？」

汗を拭きながら里村が私のほうに来る。

色気！　色気かくして！　死ぬ！　死ぬからほんとに。そしてそのタオル下さい。

「……上手だね。かっこよかった」

フー、なんとか声は裏返らないで済んだ。

浅く、ニヤニヤしないように笑みを作ると、里村も笑う。……自然に。演技じゃないっぽく。

「照れる……。ありがとう」

どしぇー!?　照れちゃうの？　私が褒めたくらいで？

……嬉しいなぁ。嬉しくて脳内でパレードの幕があいてピエロたちが踊り出してる。ドンガラガッシャン真ん中でバレリーナの姿をした自分が無様に転んだ瞬間に、背中を爪で刺された。痛い。

こんな状態で、これ以上何かを話したらボロが出てしまうとヒヤヒヤしながら見つめるしかない私に、ちゃんと助け船をだしてくれる。さすが理子！　でもそのタオル下さい。

「はいはい、見つめ合ってないで！　ボール拾って撤収準備始まってますよ」

「ああ。じゃあ行ってくる。すぐ戻ってくるから待ってて」

そう言って里村はゴールのほうまで走って行く。かっこいいなあ。

そんなことを思いながら隣を見ると、理子がなにやら難しい顔をしている。

「理子、どうしたの？」

そう聞いても「うーん」と唸っているだけで、じっと待っていたらやっとぽつりと呟いた。

「なんか、思ったより、もしかして……？」

なんだろ……？　その意味を聞こうとしたのだけれど、戻ってきた里村の姿に見とれて私の頭からすっぽ抜けてしまった。

「吉永お待たせ」

「ううん。待ってないよ。……ええと、その横の人は……？」

里村の隣には、里村より少し背の高い男性が立っていた。そしてこれまた超絶イケメンだ。

里村よりも柔和な笑み。まさにこっちも王子様キャラって感じ。まあ、私の王子さまは里村だけなんだけど！　二人揃うとオーラがやばい。なんだこれ、ここは夢の世界？　もしくは異世界転移でもしたんだろうか？

「ああ、俺の高校時代からの親友なんだ。いまはｗｅｂデザインの会社をやってる」

「高橋宗佑です。よろしく」

そう名乗ったその人は、人好きのしそうな微笑みを私と理子に向けた。途端にぴり、と隣で緊張が走るのがわかる。これは理子が警戒している。こういういかにも「俺モテます」って感じは、理子が一番嫌っている部類の男なのだ。若手でやり手というプラス要素が理子にはマイナスにしかならないことも私は知っている。

ただ里村の親友だし、ちょっと、もうちょっとそのオーラを隠してほしいんだけど！

「吉永奈央です。ええとこっちは親友の」

「山田理子です」

にこりと営業スマイルをする。うん、可愛い。ピリピリしてるけど可愛い。

その理子の笑顔をどう思ったのか、特に気にしている風でもなく高橋さんは更に笑みを深めた。

「吉永さんのことは、紘一から聞いています」

「あ、はい」

何を聞いているんだろう。……というか、ほんとどういうこと？　なんで親友に私を紹介するの？　おかしくない？　そこまで自分のテリトリーに入れてしまうとは……里村迂《う》闊《かつ》すぎる。そんなんだから変な女にばっかりつかまっちゃうんだって……私も含め。

ほんと私で最後にしてほしいな。幸せな恋愛とかしてほしいしさ。……その相手が私じゃないのは辛いけど仕方ない。そんな叶うはずのない夢は見ないと決めたんだから。

「あの、里村さんに聞きたいんですけど」

理子が場を遮るように言う。

「里村さんって、奈央の恋人でいいんですよね？」

里村が一瞬虚《きょ》を突かれたような顔をしたあと、はっとして私のほうを見た。

……いや、大丈夫。何の期待もしてないから！　という思いを込めて私は口角を少し上げた。それにホッとしたのか、里村が理子に向き直る。

「うん。そうだよ」

「……里村さん、すっごいモテると思うんですけど、奈央のこと泣かさないで下さいね。大事な親友なんで。里村さんほんとすっごいモテると思うんですけど、奈央を大事にして下さい」

「ちょっと理子、なに言ってるの」

やーめーてー！　余計なこと言わないで……。里村が面倒になって、付き合うフリ、やーめた、なんて言い出したらどうするの！　私の心のメモリーが！　オアシスが！　退職後の妄想の楽しみがなくなるじゃない。

何も気にしないフリをしながら内心は汗をダラダラにする私には誰も気づかない。

里村も何を考えたのか少しの間をあけて、理子をはっきりと見据えて言う。

「絶対泣かさないから。大丈夫……ありがとう山田さん」

……………？

さすがにそこまで言わなくてもいいんですけど……？　賭けだってわかっているし、全然辛くないし、思い出をありがとうって思って泣く準備もちゃんとしているから大丈夫だよ？　理子も「じゃあいいですけど」なんて上から目線はやめてー。

高橋さんは何か面白そうな顔をして理子を見ている。

「山田さんは友人思いなんだな」

高橋さんはずっと、柔らかい表情を変えないまま、理子を見つめていて、その顔はどこか楽しそうに見えた。

理子は警戒心を解かないまま、高橋さんに挑戦的な視線を向けて、語気を強める。

「そうです。里村さんはモテるって奈央から聞いたので心配なんです。高橋さんも、里村さんのことちゃんと見張ってて下さいね？」

グラウンドの端っこで理子の牽制が冴え渡る……。私はその言葉たちを聞いているだけで、気が遠くなりそうだった。


その日、打ち上げにも誘ってもらって、ずっと四人で行動することになってしまった。

お昼からお酒を飲んでわいわいとした雰囲気の中、私は里村に迷惑を掛けないように、借りてきた猫のようにじーっと聞き役に徹していた。理子が里村に何か言わないかとヒヤヒヤしたものの、やっぱり理子は私に不利なことは絶対にしないと決めてくれているようで、杞憂に終わる。

なぜか高橋さんと理子は連絡先を交換することになっていたらしいと後で聞いた。

「じゃあ、私と奈央はこの辺で、ちょっと寄りたいところがあるので帰りますね！　今日はありがとうございました！」

私と里村を二人きりにさせないように、理子が私の腕をぐっと引っ張る。

そんな約束あったっけ？　首をかしげてハテナを飛ばすと、理子に睨まれた。これは、アフターミーティングですね。はい、大事だと思います！

それじゃあ、なんて言って二人と別れようとした時里村が口を開いた。

「あ、吉永……。あの……」

「どうしたの？」

やだ、なんか今日失敗したかな？　どうしようみんなの前で付き合い解消しようなんて言われたら。内心のびくびくを隠すように無表情で取り繕うと、里村は理子と私を交互に見つつ、諦めたように言葉をこぼした。

「いや……、今日は来てくれてありがとう。また明日。会社で」

「うん。こちらこそありがとう。また明日ね」

ほっ！　なんとかフラれずにすんだ！！！　ヒャッホウ！


「理子、今日はありがとうね」

帰りに私のおごりでファミレスにて簡易二次会をした。

「今日は本当にありがとう。私だけだったらどうなっていたかわからなかったよ」

「奈央っていつも里村の前だとあんな感じなわけ？」

「あんなって？」

「無表情で、たまに口角を上げてる感じ」

ああ、そっか。理子は会社での私のことは知らないのだった。

いつもいつも無表情で、氷鉄の女と呼ばれている私のことは、話でしか知らなかったんだ。

「うん。私ずっと会社であんな感じだから、突然ニッコニコしだしたら恐怖かなって思って。私、里村にはこの賭けのこと、終わっても負担には思ってほしくないの。いい思い出にはならないと思うけど、思い出したくもないような黒歴史にはしてほしくない」

本当に、私のわがままで始めてしまったこの付き合いを、私のわがままだったのだと正しく、そう結論づけてほしいと思う。

「うーん、奈央がそうなら、いいんだけどさ」

「なーに？　……あ、里村かっこよかったでしょー!?」

話を変えるために軽口をたたくと、理子はいつもの癖で口をつんとさせる。可愛い。

「私にはどこがいいのかぜーんぜんわかんないんだけど！　ただヘラヘラ嘘の笑顔を貼り付けてるみたい。微笑み王子っていうより貼り紙王子？　みんなあれに騙されるなんてどうかしてる。あと高橋も、あれ相当遊んでるよね。多分里村以上に。ぺらっぺらの笑顔貼り付けて、こっちのことめっちゃ品定めしてたよ？　ホントに里村大丈夫なわけ？」

うん。それは私も感じた。あれは相当女なれしている。さすが里村の友人なだけある。

高校大学と二人で揃っていたら、そりゃあ完全にハーレムができあがっていたに違いない。

くっ！　その時私も取り巻きAとしてそばにいたかった！　拳を握りしめて悶《もだ》えていると

理子にデコピンされる。

「まーた妄想の世界に入る！」

「里村はさ、そこがいいんだって……。大体そういう性格だから、私に告白なんてして、この状況になっちゃったんだから、ありがたいと思わないといけないと思うの！」

拳を握って力説する私に、理子がため息をついた。

「里村ねえ。ちょっと気になるんだよね……あ、やめてよねそういうんじゃないから。死にそうな顔しないで。ホント私あれは無理だから！」

さっきの里村と理子の未来の子供（予定）を一瞬思い出してしまったのだけど、私はどんな顔をしていたのだろうか？　理子が「情報収集が必要だ」なんて呟くのを、私は首をかしげて見ていたのだった。

閑話　ぐうの音も出ない真実

「……紘一、一つ聞きたいんだけど、吉永さんってお前のこと本当に好きなのか？」

ちょっと、と宗佑に言われて俺の家で飲み直す。自分でも少し思い当たっていた現実を冷静に口にされて、俺はぐう、と唸るしかなかった。

「好きじゃない男の告白を受けるタイプじゃないと思うんだ、吉永は」

「……なんというか、恋っていうよりは優しく見守ってます感が……紘一を見る目が、なんか恋愛じゃないっていうか、もちろん嫌われてるとかそういうわけじゃないんだけど、……遠いって感じ？」

それは時々感じている。

吉永と二人で会っている時、会社では見せない笑顔を少しずつ見せてくれているのはわかっている。でもそれはやっぱり、いままで俺が見てきた、俺に恋をしている女性とは少し違うと俺だって思っていたのだ。

「紘一があんまり女癖悪いから制裁するつもりだったりしてな。氷鉄の女だっけ？　吉永さんのあだ名」

「そういえばなんか今週からあだ名が変わってたんだよな。氷鉄の戦士だって」

ぶ、と宗佑がむせた。いや、俺もその気持ちはわかる。最初に聞いた時何だと思った。

どうやらいままでと様子が変わった吉永に、周りが付けたらしいのだけど、なんで戦士？

「なんだよそれ。普通生きてて戦士なんてあだ名そうそう付かないだろ？　何者なの吉永さんっ……おかし……っ」

「いや、普通に総務の凄い仕事ができる人って感じだけど。できすぎるっていうか一人で何人分働いてるんだって有名ではあるな……って笑いすぎだろ」

まだ肩を揺らしている宗佑を睨む。なんとなく吉永を笑われるのがいやだったという子供じみた理由で。

コップに入ったお茶を一口飲んで息をついた宗佑は、まだ笑いを抑えられないように時々吹き出している。

「紘一もまたすごいのに惚れたもんだよな。初恋がそれってハードル高すぎだろ？　……まあ、だからこそってことか」

……そうなのかもしれない。

俺のことを好意的な視線で見たことはないだろうと想定したのに、思いもよらず吉永は話しやすくて、俺は俺のままでいられて、心地がよかった。

無理をしないでも一緒にいられるのは俺には奇跡的なことだ。いい風に見せようなんてかけらほども思わないのは、吉永がいつも俺よりも一つ上にいると、俺自身が思っているからなのかもしれない。

「多分彼女なら賭けのことを話しても大丈夫だと俺は思ったけどな。取り乱したり泣いたり詰《なじ》ったりするタイプには見えなかったし、交際が継続できる可能性のほうが高いんじゃないか？」

「それはそうだと思いたい、けど……」

軽蔑されたら、怖い。

『そうだったの。事情はわかった。最低だね。じゃあこれでサヨナラ』なんて言われた日には立ち直れる気がしない。そうでなくても吉永はやっぱり俺にまだ壁を作っているのだから。

「山田さんと応援席にいた時は、もっとなんか笑顔が多かったし、俺に見せたことないような顔してた……」

ぽつりと拗《す》ねたような弱音と本音が漏れる。

そう、山田さんといた時の吉永は、明らかに多分、『素』だった瞬間が何度もあった。

それなのに俺の前に来ると、それはなりを潜めて、いつもの会社の吉永から一歩だけ歩み寄ってくれた吉永がいるだけなのだ。

だから、怖い。まだ言えないと思ってしまった。

俺のことを好きなのだという変な自信がどんどん揺らいでいく。それでも、やっぱり会社の吉永とは違う、俺だけに見せてくれていると思うあの姿が、どんどん俺を絡め取っていくのだ。

「山田さんのお前を見る目、凄かったもんなあ」

「……まあ、俺の話を吉永から聞いてたなら、その気持ちはわかる」

俺だって、友人が男をとっかえひっかえしている女につかまったら同じように心配しただろう。

いままでの、恋人たちと遊びで付き合っている自覚はなかったけれど、いま考えてみれば最低にもほどがある。

正直、俺は山田さんの敵意の対象になるのだという認識は欠けていたし、ひどく落ち込んだ。

山田さんの態度を思い出したのか、宗佑の目尻が余計に下がってぶっと吹き出すと、堪えきれないように下を向き肩を震わせる。さっきから笑い上戸がすぎないか？　俺は真剣に悩んでいるのに。

「俺のことも警戒対象だったし、あの目はさ……あれだよ、うちの実家の番犬ポメラニアンにそっくり」

「失礼なこと言うなよ」

「いや、いい意味でだって。外見に似合わず身内以外には警戒心の塊でさ。吉永さんもいい友達持ってるなって」

ポメラニアンに似てると言われて喜ぶ女性がいるものか……いや、宗佑の周りの女性がそういうタイプだったのかもしれないけれど。

「俺もなんとか手伝ってやりたいけどなあ……」

「いや、それは俺がしっかりしないといけない問題だから」

そう、これは俺の問題だ。俺がズルズルと長引かせているから。吉永の親友という彼女にも信頼してほしい。そのためにはとにかく早く賭けのことを言わないと。手遅れになる前に、早く、早く。

閑話　親友のためにできることは

「うーん……」

「山田さんどうしたんですか？」

気付かぬうちに唸っていたらしい。何でもないと後輩に告げて、邪魔をされないように店頭ディスプレイを直すフリをしながら昨日のことをずっと考えていた。

私は自分のことをよく知っている。自分がどう思われているのか、人がどう思っているのか、観察して生きてきた。里村紘一を必要以上に警戒してしまうのは、まさに同族嫌悪というやつだと思っている。

どうしたことか、昨日の里村の態度は明らかに奈央に好意を寄せているように見えた。

いままで奈央から聞いていた様子から推し量るに、里村紘一という男は基本流される性格だ。そして人を観察して、どう動けばいいのかをきちんと把握する。自分に好意を寄せる相手にはそれ相応に相手が望むように対応することができて、けれど必要以上には自分を与えない。そこまで気を配る必要性を感じていないからだと思う。それに気付いているのかどうなのかはわからないけれど。

だから、歴代彼女たちは自分に想いがないのかと不安になって、別れを選択する。不安から依存する方向に来れば、里村のほうが面倒になって捨てるか……というところだろうか。

どう見ても、同僚との賭けで引っかけただけの相手に、あそこまでの感情を向けるタイプだとは思えない。

かといって、ゲームの告白をしてきて、正式に奈央とお付き合いをし始めたのはここ二週間程度。まさか本当に奈央のことが好きなのか？　そんな疑問を持ってしまうほど短いことも確かで。

何かもう少し情報がほしい――そんな思いで顔を上げると、店のミラー越しについ昨日はじめて会った、いま一番会いたい人物が颯爽と歩いているのが見えた。

早めの休憩と後輩に無理を言って、すぐにその姿を追いかける。


「え……？　山田さん？　どうしてここに」

「会いたかったんですよ。話したいことがあって、見かけたのでつい」

まさかこんな一等地のど真ん中で会うなんてお互いに思うはずもない。私の服装を見て、ショップの店員だと納得したのだろう。

「へえ。それは光栄だな。なんか食べに行く？」

薄っぺらい笑顔になんて騙されない。こいつは敵、こいつは敵、こいつは敵……。

信用してはいけないのだと頭の中で呪文のように繰り返しながら、私は本題を切り出した。

「あの、少しお話ししたいんですけど。里村さんのことで」

「紘一の？」

意外そうな声を出すな。なんだ。お前に興味があるとでも思ったのか。私はそんな思わせぶりな態度はこれっぽっちもしていないぞ。これだから信用できない。

「はい。親友の高橋さんから見て、どんな感じなのかなって。ほら、里村さんモテるって聞いてたし、やっぱり不安なんですよね」

「さすがポメ……いや何でもない」

ポメ……なんだよ。失礼なことを言われたのだけは確実だ。しかしこの男は多分、私の話に乗ってくる。明らかに私と奈央に興味を持っていたし、もしも里村が本気なのだったらなおさらだ。

高橋は里村の賭けのことを知っているのだろうか。それで協力したのなら、私は絶対許せない。そうでないのなら、里村が奈央をどう思っているのかを聞きたい。できれば別れてほしいけれど、奈央の里村フリークは重症だ。もし、万が一、里村も奈央のことが好きなのならば……ちゃんと私は応援するつもりでは、いるのだ。ずっと大事にしてくれるなら。無理だと思っているけれど。

「まあ俺も山田さんに聞きたいこともあったしちょうどいいかな」

「聞きたいこと？」

「どうしてそこまで紘一のことを警戒してるのかな……とか？」

「……」

里村から賭けのことを聞いている、とでも言われるかと思ったけれど、そうではないらしい。

探りたいけれど、そううまくはいかないみたいだ。

ここは私も動くしかない。奈央のために。

「仕事何時に終わる？　後で待ち合わせ……」

「いまここで十分です。ちょっと里村さんのことが聞きたいだけなんで。……ああ、勘違いしないで下さいね。そういった好意は持ち合わせていないんで」

全く好意を持っていないことを隠さず言えば、高橋は意外そうに眉をあげた。

なんで、奈央もこいつもそんなに人がポンポン惚れると思いこむんだろう。上っ面の容姿なんかに価値があるものか。……まあ、いいに越したことはないと思うけど。

「紘一が最初からそんなに嫌われるって、珍しいんだけど」

「嫌いだなんて言ってませんよ。ただ私のタイプではないだけです」

「じゃあどういうのが山田さんのお眼鏡にかなうわけ？」

「そうですね。一人の女性と誠実に付き合ってくれるタイプがいいですね」

「手厳しいな」

いや、普通のことだと思うんだけど？

本当にこいつは警戒しないといけない。私はあくまで里村の気持ちを知りたいだけ。でもこの男は強敵だ。笑顔の奥に油断ならないオーラがミシミシ出てる。知らず握る拳に少し力が入った。

「最初、奈央から、里村さんから告白されたって聞いて、しかもそれを受けたって知って、ビックリしたんですよ」

「え、吉永さんは前から山田さんに紘一の話をしてたってことか？」

それは誘導尋問か？　奈央が里村のことをどう思っているか偵察する気なのか。

そんなの想定済みだ。笑顔の下でゴングはガンガンに打ち鳴らされている。でも私は負けない。

「同期ですごい女の人にモテる人がいるって話は聞いてたんですよ。奈央は会社の人間関係でトラブって、ほとんど孤立してたんで……あ、別に本人はそれを気にしてることはないんですけど。彼女を何度変えても修羅場にならないのは凄い。里村さんくらい人間関係が円滑に行くように行動できたら、とか、そんな感じで」

「ああ、吉永さんはやっぱり、紘一のそういう話は知ってるのか」

「当たり前じゃないですか。私も面白いからいろいろ話を聞いちゃって、奈央がいる総務は昔からそういう噂話が大好きな人が多いみたいで。で、突然里村さんから告白されて付き合うことにしたって言うから本当にビックリしたんですよ。まさかそんな人から告白されるなんて思ってもみなかったみたいだし」

絶対、奈央が里村に惚れ抜いているなんて教えない。教えてやるもんか。

そんなことを知られたら、奈央に好意を持っているように思える里村が調子に乗るに決まっているのだから。

「へえ。じゃあ吉永さんは紘一のことが好きじゃないけど付き合ったってわけ？」

少し眉を上げて、探るように聞いてくるのを私は流す。言葉選びを失敗するわけにはいかない。

「どうですかね。奈央はいやなことには絶対に首を縦に振らないので好意は持っていると思います。どういう感情かは私もわからないですけど、楽しそうに服を買ったりしているし、デート前も楽しそうにしているし、恋人がいるっていう状況を楽しんでいるようには思えます。里村さんってきっとそういう風に女性を扱うの得意でしょう？　空気を読んでくれるから奈央もいやすいんだとは思いますよ。というか奈央自身、このお付き合いが長く持つとは思ってないみたいですしね」

「え？」

これは、本当だ。嘘の中に本当を混ぜ込まないと、この男は絶対に気付くだろう。ようやくニコニコとした口元が、素になったのかきゅっと結ばれて、私はそれを見て少しだけスッとした。推し量るように私の顔を見たあと言葉に嘘がないと信じたのか、わざと驚いた顔を作る。食えない男。

「えーと、吉永さんは別れるつもりで、紘一と一緒にいるってことか？」

「本人はそう言ってますけど。別れるつもりというよりは、どうせすぐに飽きられるだろうから、女慣れしてる男というものがどういうものなのか味わってみたいってところかなと私は思ってます。なんで告白してきたのかわからないとぼやいてたし」

「うーん、そっか、なるほど……でもそれは……うーん」

「でも私も奈央が酷いフラれ方をするのは見たくないというか、万が一本当に本気になった後に捨てられるとかそういうのは絶対いやなんです。だから遊びなのかそうじゃないのか、高橋さんならわかるかなって思って。里村さんみたいなタイプが奈央のことを好きになって、その上で告白するなんておかしいなって、何かあるのかなって思うのも当然ですよね？　奈央から聞いてた話だと自分から告白する人じゃなかったみたいだし、いままで特に奈央と親しくしていたわけでもないって言うし」

　高橋は先ほど一回だけ自分が崩れたのが悔しかったのか、もうその顔の中には動揺も焦りも見えない。

　本当に、食えない男だ。

　うーん、とわざとらしく考えるそぶりを見せて数十秒、じいっと私を見て、思わせぶりに口を開く。

「紘一なんだけど、吉永さんのことは本気なんだよな」

「……え？」

　なんとなく予想はしていたけれど、告げられるのは想定外だった。

　しかし私の反応は予想の範囲だったんだろう。満足げに笑われたのが、ちょっと腹立たしい。

「まあいままでのあいつはさ、端から見たらとんでもないヤツだったと思うしそれは否定しない。でも吉永さんに対しては本気で。正直長く付き合ってる俺でも驚いたくらいだから警戒するのはわかる。理由はどうあれ、端から見たら恋人をとっかえひっかえしてるっていうのは事実だし。今更そこら辺は俺も庇《かば》うところじゃない。でも俺が知る限り自分から乗り気で付き合ったことなんて一度もなかったし、吉永さんが特別なのは確実なんだ」

　事実、女をとっかえひっかえしているのだからそこを庇えないだろう。

それにお前も同類だろうとは言わない。思ってても言わない。

「あいつは薄っぺらい好意はふりまくけど、女性を懐にいれるようなことはしない。そんな紘一がフットサルに連れてきたり、俺にどうしたらいいのか泣きついたりするくらいだから」

「……うっそ」

泣きつくとはどういうことだ。じゃあ賭けとはどういうことなのか？

だって奈央は言っていた。里村は断られるつもり満々で声を掛けてきたのだと。

たった二週間で好きになったってこと？　いままで女に不自由してなかった男が？

そんなの信じられるはずもない。毛色の違った奈央に、興味を持っただけかもしれない。

というか、待って？　本気で奈央が好きってことは、両思いじゃないの？

え、やだ。里村やだ。私がやだ。どれくらい好きなのかわかんないのに奈央を気軽に扱ってほしくない。……奈央の恋は応援したいけど、すごくしたいけど。

「紘一もはじめてのことだからかグダグダになっててさ、そんな中で吉永さんが別れるつもりでいるなんて知ったらショック死するかもしれない」

本当に心配そうに言うものだから、私のほうがうろたえてしまう。

「それはさすがに言い過ぎじゃ……そんなはずないでしょう。そう思ったのに。

「言い過ぎでもないんだよな。二人が上手くいくようになんとかしてやりたいんだけど……」

……私はじいっと高橋の顔を、瞳を見る。それは本当？　それとも嘘？

奈央をハメるために、友人もグルになっている可能性だってないわけじゃない。間違えたくない。ここで私が口車に乗ったら奈央が傷つくのだから。

高橋も私から目を離さない。一歩も引かない。

この男も女慣れしているのだろう。この顔じゃあどれだけだって女が寄ってくるに決まってる。そして、感情を隠すのがうまい。悔しいけれど、本心が読めない以上この言葉を信用するしかない。

ただ、賭けということを自分から言わない限り信用はしない。せいぜい奈央に振り回されていればいい。……私の意地が悪いのは、元々の性格だから仕方ない。

それでも里村が本当に奈央だけを大事にするというのなら、奈央の幸せのために私も少しだけ、手伝わないことも、ない。私たちが賭けのことを知っていると、その情報は絶対に出さないように。

ううん、奈央が心から望む恋が本当に成就するのならば、相手は里村しかいないんだろう、悔しいけど。

そんな情けない男が何で好きなんだ奈央！

長い沈黙を破るように私は高橋に提案をした。

「……わかりました。親友の高橋さんがそう言うならきっとそうなんですよね。でもどうしても心配だから、もう一度、里村さんとも、ちゃんとお話ししたいので、今度四人で出かけません？　高橋さんも親友のために一肌脱いで下さい」

まだ信じられない、だから確かめたい。奈央が傷つくのは見たくない。だから里村の気持ちを信じたフリをしてもう一度会って確かめる。私の心の中を見通したといわんばかりに、高橋は人当たりのいいよそ行きの笑顔をにっこりと浮かべた。ほんっと、食えない男。

「山田さんが吉永さんのこと大事にしてるのはわかった。言ってることもわからなくはないし、俺も紘一の応援はしてやりたいし。できることなら協力させてもらうよ」

私は信用なんかしない。だけどもし奈央が本当に幸せになれるのなら。

「じゃあ連絡先だけ教えて下さい。夜にでも私のほうから電話しますから」

「了解。……あのさ、そんな警戒しなくても大丈夫だからな？　俺そんなに危なそうかな……」

傷ついたみたいな顔したって騙されない。だって本心じゃ何も感じてないのがわかるもの。

大体クソみたいな賭けしてる里村の友達が信用できるわけがないだろうが。……里村がこいつに本当のことを話しているかどうかは別としても、だ。

「アハハすみません。顔がいい人には緊張するんですよねー」

心にも思ってないのがバレバレだろうが気にしない。別に私は高橋と仲良くしたいわけではないのだ。

お互いに上っ面の笑顔だけ振りまいていれば、それでいい。

休憩時間も残り少ない。急いで計画を練らなければいけない。事務的に挨拶をして私は急ぎ店に戻った。

第四章　すき、だから……ごめんね

「おはよう吉永」

「お、おはよう里村。高橋さん。今日はよろしくお願いします」

なにがどうしてこうなった？

普通に？　どこかでぶらぶらするだけだと思っていたのに、木曜日の朝に、理子から泊まりでキャンプをすることになったと告げられた。

なんで？　と理子に食い下がったのだけど、里村たちはどうやら仲間内でキャンプを毎年しているらしい。つまり道具もあるし、宿は私と理子は二人で一棟のコテージを貸しきればいい。よくこの時期に予約が突然取れたと思ったけれど、たまたま今週のキャンセル案件にうまく引っかかったとのこと。

「こういうキャンプとかは、男の質がわかるからね。奈央の目を覚まさせるチャンスかと思って」

理子がそんなことを言うけど、私には見える。野外で少しだけワイルドになった里村の汗ばんだ横顔から滴る汗がキラリと光って私を魅了するその様が。

　夜は星空の下で、シャワーを浴びた後のセクシーな里村がにっこりと微笑んで、お酒が少し入っているからだろう、いつもよりも熱いまなざしで私を見て、そっと近づく二人の手。そのまま恋人つなぎをして肩を寄せ合っていつしか二人の唇が……。

「奈央、妄想の世界に飛ばないで。現実だから」

「あ、ごめん！　ええと、汗が滴ってシャツに素肌が透けてるのとかいいよね」

「……何の話してるの？」

　妄想が、飛びすぎた。

　木曜日の帰り道、里村が申し訳なさそうにキャンプに行くことになったのだと言った。多分、理子が高橋さんをそそのかし、高橋さんが言葉巧みに里村をキャンプに誘ったんだろうことは想像にかたくない。

「ごめんな。宗佑と話してたら盛り上がって。どうせなら四人で行けたら楽しいかと思ったんだ」

「ううん。それはいいんだけど。私もキャンプは親の趣味で何回か行ってるし、少しは役に立てると思う」

　私の場合はキャンプを楽しむというよりは、完全な山登りの副産物としてのソレだったけれど。ここで役に立てるなら、無理矢理連れて行ってくれた父よ、感謝！

ホント、里村とお泊まりとか、どんなボーナスプレイなんだろう。

一生分の運をこの二ヶ月で全部使い切ったとしても、後悔しない自信がある。

*

そして当日、待ち合わせ場所には、いつものきっちりした私服ではない、Tシャツにパーカーを羽織った里村が。細身のデニムもよく似合ってる！　フットサルのジャージ、あれもまたいいけどこれもまたいい。七変化か里村！　次はどんな里村を見せてくれるの？　私のヒットポイントはもう、ゼロ……。

しかも里村が車出しをしてくれるということで、私はさらに緊張している。運転姿！運転姿！　そんなものを拝ませて頂いていいのでしょうか。いやあ、神様って本当にいるんだなあって感じですよね。

「吉永は俺の隣だから。荷物積んじゃうから、貸して」

「うん。ありがとう」

その私服姿に笑顔というご尊顔に、もう緊張を通り越して興奮してる場合じゃなくなった。完全に無我の境地。

「私は地蔵。私は地蔵。私は地蔵」

「え？　何？　吉永大丈夫？」

っと、しまった。地蔵じゃなくてせめてアサシン……、そう、私は表情と感情を全て捨てるアサシンとなるのだ。そうでないと、死ぬ。

「大丈夫。隣ね。うん、隣ね」

「あ。いやだった？」

「そんなことあるはずないよね？」

運転してる姿を見られる隣を？　諦めるなんて？　そんな阿呆な話があるはずない！

わかってない、わかってないよ里村！　その姿、百万ドルの夜景よりプレシャス！

私がアサシンの心と戦っている間、隣から理子と高橋さんの会話が聞こえる。

「高橋さん、よろしくお願いしますねー」

「ああ、よろしく。まさか山田さんがキャンプを提案してくるとは思わなかったよ。本当に意外性があるっていうか……やるよな」

「こういうのは、男っぷりがわかりますからね」

「山田さん怖いなあ。まあ紘一にはせいぜいいいところ見せるように言っておいたからさ。吉永さんもよろしく」

「へ、あ、はい」

突然話を振られて焦った。いやあ、別にいいところなんて見せなくても、いるだけでいい男だし。普段と違う姿を拝ませてもらえるだけで大吉っていうか、あわよくば……そうですね、色んな写真をこっそり撮って思い出に残させていただければそれでいいっていうか。

「俺も久々だし張り切ろうかな」なんて高橋さんが軽く言うと、「頑張るのは里村さんだけでいいんですよー」なんてニコニコする理子。表面上の笑顔の下、理子のオーラをひしひしと感じる。

なるほど、里村は理子の作戦に乗っかった高橋さんに丸め込まれてキャンプなどをして貴重な休みを費やすことになってしまったのか……。

この人と里村が一緒にいたら、女の子は入れ食い状態だったのではないだろうか。なんといってもこの、ただ者じゃないスパダリ感？　里村も超絶かっこいいし、普段の社内では微笑み王子、スパダリ感が半端ない。だけど、やっぱりじーっと蛇のように追い続け見ていれば隙や抜けているところが見える。なのにこの人にはそれがない。にっこり笑っているけど本心はどうなのかわからない。

私はこの先関わることはない人なのだろうから、変に観察をしても仕方ないし、不愉快な思いをさせるのもいやだ。いまはただただ里村のかっこいい運転姿を拝みたい。それだけで来た甲斐があるというものだ。

高橋さんは理子を気に入っているように見えるけど、理子は恋愛アレルギー体質みたいなもので、散々いやな目に遭ってきたからしばらくそういうモードはお休みなのだと言われたのは数年前か。

話を聞く限り、あんまりよい恋愛はしてこなかった気がするけど。

高橋さんに理子、美男美女。確かにお似合いだとは思うけれど、理子は高橋さんには靡《なび》かない。一番嫌いなタイプってやつ？　うさんくさい里村の友人がもっとうさんくさいってどういうこと？　って嘆いていたし。

私だって、本気じゃないなら理子には絶対手を出してほしくないし、出させない。それくらいの気持ちはある。

理子が私を思ってくれるように、私だって理子が傷つくのはいやだ。高橋さんも恋愛めいた雰囲気を出すこともないから、まだ大丈夫だとは思うのだけど。

「じゃあ出発しようか。二時間くらいでつくから。取り敢えず食材は買ってあるけど、行く途中にスーパーがあるし、そこで何かほしいものがあったら買うことにしよう。他に何か買い忘れがあったら言って。目的地ついちゃうと何もないから」

「わかった」

当たり前のように助手席のドアを開けられて、心臓が跳ねた。

取り敢えず当面の目標は、目的地につくまでに生きていられるかどうか、ということだ。

……運転している姿を見たいとか思っている時期もありました——。

でも、助手席とか、緊張しすぎて隣なんて見られないのが現実だ。

「吉永、酔う人？」

「え？　全然酔わないけど、どうして？」

「ずっと前見てるから」

里村のほうを見ていいっていう合図!?　なにそのサービス十万円！

「まあ、まだ都内だし、いい景色ってわけにはいかないから仕方ないか」

なんだ窓のほうか！　里村じゃないのか！

「気を遣ってくれてありがとう。里村の運転、すごく乗り心地がよくてさすが営業だね。会社でも評判いいんだよ。私も乗ってみたいなって思っ……」

あ、本音がでちゃった。

「……！　あ、そう、なんだ」

「うん」

やばい。すっごい恥ずかしいんだけど。

後ろには理子も乗ってるのに、なんか保護者の付き添いがいるみたいでさらに恥ずかしさが増す。きっと理子はニヤニヤしているに違いない。

結局目的地まで、私は里村のほうを見ることはなかった。

「ええ、これがキャンプ場なの……？」

そこはキャンプ場とは思えないほどの絶景の海が見渡せる場所だった。

「いまはこういうのが流行ってるんだよ」

「へええ。リゾートみたい。行ったことないけど」

「海は遊泳禁止だけど、少し足入れるだけならできるから、あとで行ってみよう」

「うん」

よかった。水着姿の里村なんて見たら、私の鼻血で海一面赤くなるところだった……。

取り敢えず荷物を運ぶ。私と理子のコテージと里村たちがキャンプを張る場所が近くてよかった。

バーベキューはコテージのほうが人もいなくてやりやすかったので、こっちに全部運ぶ。

今日のキャンプ場は満員だ。みんながバーベキューをやっているところに行ったら、きっとみんなが里村に恋しちゃうから、そんなのは見たくもなかったしホッとした。

理子がさりげなく、いままでのキャンプでそういうことがなかったのかを聞けば、案の定、ほぼほぼいつもその状態だったらしい。だよね。ただ仲間たちもノリがいいので、時には断り、時には合同でやったりと色々あったそう。イケメンって、得だけじゃないんだね。

以下バーベキューは箇条書きにて失礼！

・里村は料理ができるらしい。
・里村は指先も綺麗。
・里村の隣はいい匂いがする。
・里村はかっこいい。
・好き。好き。好き。

海も歩いた。四人でね。こんなことあっていいのかなってくらい幸せで、多分私の顔はゆるゆるで、全然クールなフリなんてできていなかったと思う。

でも、それでもいいって思った。ちゃんとフラれるから、大丈夫だから。

夜、シャワーを借りてさっぱりした後、里村たちと合流して小さなキャンプファイヤーをする予定になっている。湯上がりの里村はさぞかしかっこいいんだろうな……。

うっとりしながら理子とシャワールームから出ると、女子たちに囲まれている里村と高橋さんがいた。

「どこから来たんですかぁ？」

「お友達とですか？　いまから一緒に呑みません？」

こらこらこらこらこらこら！　そこのキラキラ女子待て待て待て待てぇぇぇぇ！！！！

乱入する勢いで私は里村の名前を呼んだ。

私を見て、少しホッとした様子を見せた里村が、彼女たちに見せつけるように私に近づく。わわ、匂いがッ。どこのメーカー？　里村印……買う。箱買いする。

「俺、彼女と来てるから」

「えええ、そうなんですか。彼女さんもご一緒にどうですかぁ？」

彼女誰？　……あ、私か。おい、彼女（きゃー）がいるのにまだ誘うかそこの女！　そういうのは一ヶ月後にして！

……と、そんなことも言えないので、穏便に断ろうと言葉を発しようとしたのだけど、できなかった。

里村が、私の手を握って引っ張った。トン、と少しだけ、私の頬が里村の肩に当たる。

「悪いんだけど、彼女と一緒にいたいから。他当たって？」

えええ、なんて女子たちは言っていたけれど、理子が出てきて蹴散らしてくれた。すかさず高橋さんとカップルのまねごとをし始めると、さすがに自分より明らかに可愛い子には強く出られなかったんだろう彼女たちは、諦めて去って行く。

というか、私はそれどころではない。これは、これは。

直・接・接・触！！！！！！！！！！

いままでは空気接触、空間接触、間接接触であった。これだけでも興奮だ。それだけでよかった。

しかしいま、私は、直接、里村に、触れている……！！！

想像だにしない事態に陥って、私は完全に思考を停止した。

「手……」

かろうじてそれだけ言うと、里村は「行こ」と言って、手を引いて歩き出す。

もう一度言おう。手を引いて歩き出した。つまり、いま私は里村と手をつないでいる……!!

すごい！　すごいキャンプマジック！　こんなサプライズがあるなんて！

というか、行こうってどこへ？　理子を振り返ると、高橋さんと二人で呆れたように手を振られた。

待って、え？　二人きり？

手を引かれたまま歩く。よさそうなスポットにいるのは、大体が恋人同士なわけで。

私たちも一応、ニセモノとはいえ恋人同士なわけで。

ようやく、他の人がいなそうなところに来た時には、歩き始めてから十分以上経っていた。なんでこんな、二人になれるような場所にわざわざ来るんだろう。

もしかして里村も私を？　とか、勘違いしてしまうから、必要以上に二人きりにはなりたくない。なりたいけれど、こういう雰囲気はホンモノの恋人みたいで、苦しい。しょせんは賭けで、友達でもなく、同僚でもなく、ただの賭けの対象でしかないのだとわかっているからこそ。

「……吉永」

せつなげに名前を呼ばれて、里村のほうを向くと、真剣な顔がそこにあった。もう一つの手も握られて。

「俺、吉永に言いたいことがあって」

「！」

何を、言おうとしている？

賭けをしただけだから、そのフリをしてほしい？

それとも、もう面倒になったからこの関係は止めたい？

どっちも可能性はある。

でも、そうなるとこの関係は、里村とこうして会うのは、終わりになってしまう。

――いや、そんなのはいやだ。

いいと思ってた。少しだけでも一緒にいられればいいって思ってた。でも、今日で終わるなんて耐えられない。もう少しだけ、あと少しだけ。最後まで、せめてあと二週間。そこで私は消えるから、それまではこのままでいたい。

……最低だ。

私はなんてずるいんだろう。自分のために里村の時間を奪って、賭けなんて、やりたくないだろうことをさせて。それでも私はいまのこの時間をどうしても失いたくないと浅ましく思っている。

「吉永。すごく卑怯なことを言う。嫌われるかもしれないけど、でもどうしても言わないと……」

「待って！」

聞きたくない。心の準備ができてない。……怖い。

いっそ、言う？　私から言う？　賭けを知ってたって。それでも里村が好きだから嘘をついたって。ううん、そうじゃない。賭けを知ってたけど、ちょっと恋愛してみたかったから、それに乗っかったって言えば、まだ続けてもらえるかもしれない。辞めることも言って、思い出作りに付き合ってって。そうしたら人のいい里村のことだ。きっと私に乗ってくれるんじゃないだろうか。

ああ、自分を心底軽蔑する。

本当に、私はなんて卑怯なんだろう。

「吉永、どうして泣くの」

「……え？」

するりと離された手が伸びてきて、私の頬を撫でる。

ぴくりと震えて、上を向くと、里村の瞳にゆがんだ醜い私の顔が映っている。

「吉永……」

そのまま、ゆっくりと顔が近づいて、私の涙を拭うように、目尻に唇が落ちる。

「っ……」

そして一度離れて、今度は私の唇に——。


バチィィイイイン！！！


「……え？」

なんか近くで凄い音がしたけど？

一瞬で我に返ってあたりを見回すと、ちょっと離れたところで、若い今時といった様子のカップルの喧嘩が始まった。

「何よ！！！　あんた嘘ついて！　私のことが好きって言っときながら他の女と！」

「違う！　そんなんじゃない！　あいつが勝手に俺に言い寄ってきたんだよ！」

「気持ちがないならちゃんと断るでしょ！　何よいいフリしちゃって！　色目つかってたじゃない！」

「俺にはお前だけだってば！」

すっかり、正気に戻った。

「……すごい修羅場。こんなところでしなくても……」

「だな」

「……里村も気をつけてね……次の人は……」

「え」

「あ、何でもない！」

やばいやばい。ちょいちょい素に戻ってしまう。

でもホント、里村は断り切れなくてヤキモキさせることも多いんだろうし、もう二十八だし落ち着いてもいい頃だよね。次の彼女さんにはちゃんと誠実であってほしい。

あれ。そういえばいま何してたんだっけ。

…………。

そこでやっと、数分前に起きた現実を思い出した。

いま、もしかして、キスのチャンスじゃなかった？

超どん底に思考は落ちてたけど、その後なんの奇跡かミラクルなことが起こってたよね？

泣いた私を慰める里村紘一。かっこよかった。最高だった。

バチイイイン！！！　ともう一回いい音がして、彼女さんがキャンプ場のほうへと去って行く。私はそれを眺めながら、「私たちも行こうか？」と声を掛けた。里村は私のほうを見て、じっと何かを考えこんだ後、「わかった」と、少し声を低くして頷いた。もう一度繋がれた手は、離れない。

……ホッとしてしまった自分は、本当に最低だと思う。

帰る途中に、一度だけ「さっきの話はなに？」と軽い口調で聞いた。里村は「何でもないよ」と優しく言った。

一度、遮られた言葉をもう一度言うのは、最初の数倍も勇気がいるのだとわかっていて、私は逃げ道を塞いだ。

コテージまで来ると、理子と高橋さんが炎の前で、借りた椅子を並べて星を見ている。

あれ？　遠目に見てもいい雰囲気なんだけど？

……いいなあ。私たちみたいにいびつな形じゃなくて、高橋さんと理子はもしお互いが好きだったら普通に付き合ったりできるんだ。……そうなる要素があるのかは別として。

そう思うと胸が痛む。

邪魔をするのもどうかと声を掛けるのを迷っていたら、理子のほうが気付いてくれた。

「奈央おかえり」

「あ、ただいま」

ここまで来たら、近寄っていくしかない。

お邪魔かなと思ったのもつかの間、理子が耳元で小さく「間がもたない。助かった」と呟いたので、いい雰囲気に見えたのは気のせいなのかもしれない。

「紘一。おかえり」

「ああ」

里村の表情で何か感じたのか、理子がそのまま小声で話しかけてくる。

「ねえ、何もなかったの?」

何も、なかった、ことはない。

ボッと一瞬で顔に火がついたように赤くなる。だってだって、手を繋いで、目にキスをされて、さらにさらにあそこで邪魔が入らなければ。

「ちょっと奈央、真っ赤なんだけど……何があったの?」

「後で話す。夜でよかったよ……これだけ暗かったら顔が赤いの、ばれないもんね」

ランタンの明かりくらいでは、この真っ赤に染まった顔はうかがい知れないだろうと思う。とても幸せだった。いい思い出ができた。それなのに私は『もっと』を望んでしまう。

里村が、私に真実を言うつもりだったのだとしても、それを遮ってしまうほどに。

「吉永。さっきは星見る余裕がなかったし、こっちで一緒に見よう？」

「……うん」

いまだけ、いまだけだから。あと二週間だから。

隣に座って、里村の肩と私の肩が、そっと近づく。

その温かさを忘れないように、私はじっと星を見るフリをして、隣の体温をずっと感じていた。

パチパチと爆《は》ぜる火の粉の音も聞こえないほどに、私は一時的なこの幸せに酔う。


その日は、コテージに帰った後、眠いフリをしてすぐにベッドに横になった。隣で理子が何かを話そうとしているのがわかっていたけれど、私は何も話したくない。自分は醜くて、いやな人間だと思った。

帰りの車の中も楽しかった。たくさん話したと思う。

だけど、手を繋いで肩も寄せ合ったのに、どこか距離は開いた気がするのは、私の罪悪感を隠すことができなかったからなのかもしれない。

帰ってきてドッと疲れた。お風呂にお湯をためている間に寝てしまいそうになる。ここ二日間のことに思いを馳せながら里村のことを考えた。

その中で後悔した。なんであの時、里村の言葉を聞かなかったのかと。聞くべきだった。里村があそこまで行動したということは、もう限界だったに違いない。なのに私の我儘《わがまま》でうやむやにしてしまった。

後、二週間だからと言い訳をして。

ちゃんとフラれないといけない。これだけは絶対に。その時には何も言わず、泣きもせず淡々とただ受け入れよう。それが、私が里村にできる唯一で最大の謝罪の仕方なのだから。

今頃里村は何を考えているんだろう。私のことをいやになっただろうか。早くこの関係を終わらせたいと願っているんだろうか。少しは、楽しいと思ってくれたのだろうか。

全部が演技だなんて思わない。里村が私への罪悪感から抜け出したいと思っているのはわかっていて、私はそれを利用している。

それでも向けられた笑顔が全て嘘なのだとは思えない。あの笑顔の中に少しだけ、少しだけ、本当の気持ちが混ざってくれていたらいいのに。

明日からどうしようかな……。毎週里村の時間もらっちゃってたし、今週は夏期休暇もある。

今年は実家の法事で帰らないといけないしちょうどよかったのかも。

今週はもうあまり関わらないようにして、来週、最後のデートで……思い出をもらえたら。

そこで私は、ちゃんと気持ちに区切りをつけよう。

閑話　言えない真実

とうとう、言えなかった。

賭けのことを言って、そこで吉永に改めて交際を申し込もうと思っていた。

そのために宗佑が立ててくれた計画だったのに、俺はそのチャンスを無駄にしてしまったのだ。

タイミングは何度もあったんだ。二人で並んで野菜を切った時、海を散策した時。

キャンプ場を一回りした時。何度も二人になったし、言うことはできたと思う。

それでも、怖くて言えなかった。いま言ってもし拒絶されたら。

翌日も一緒にいるというのに、拒絶された状態でいるのは耐えられないと、それを言い訳にして俺は何も言えなかった。


夜、ここしかないというタイミングがあった。

手を握って、狼狽えている吉永を無理矢理引っ張って、二人きりの時間を作った。

周りに恋人たちしかいない場所だとわかって連れてきた。

吉永の顔が、暗闇でも紅潮していたのは、急ぎ足で歩いてきたからだけではないと思いたかった。そのまま両手を握って、ここしかないと思って、俺はきちんと自分の気持ちを言おうとして、止められた。

どうして止めるのか、意味がわからなかった。

俺が告白したから付き合いだしたのだし、今回は一泊という、同僚としてはあり得ない距離まで一緒にいることを許してくれた。だから俺のことが好きなのかもしれないと思えたし、この告白から、今度は本当の恋人同士として一緒にこの先ずっといられたらいいと思った。

でも、吉永はまるで俺からの告白を怖がっているように震えていた。

どうして。俺のことは好きじゃないのかと問いたくなったけれど、その瞳から涙がこぼれた時に、言いたいことは全部消えた。

気付いたら頬に触れていて、その顔を上にあげて、涙に口づけていた。

ビックリした顔をした吉永が可愛くて、彼女の瞳に俺が映っていることが嬉しくて、たまらなくなって、今度はその唇がどうしてもほしくなって……。

俺は卑怯だ。賭けのことを言えないくせに、吉永への思いだけがどんどん膨らんでたまらなくなった。どうしても誰にも渡したくない。誰にも触れてほしくないと。俺のことだけを見ていてほしいと思ってしまった。

こんなに人を好きになるなんて思わなかった。はじめてだった。

その分、真実を告げて離れていったらと思うと恐ろしくなって。

俺の浅ましいクズさを遮るように、どこかでカップルの喧嘩が始まって、中断された。

「里村も気をつけてね。次の人は」

「え？」

なんでもない、と焦ったように言われたけれど、意味がわからない。

どうしていま、付き合っているのに、次の人、という言葉が出てくるのだろう。俺はこれから何があっても吉永と別れる選択肢など選ぶ気はないのに。

いまキスをできなかったことに、吉永が安堵の息を漏らしたことも悔しいと思った。このままもう一度、思い切り上を向かせて奪ってやろうか。何も考えられないくらい、俺の本気を教え込んで、その唇の奥の奥まで全て蹂躙《じゅうりん》して、俺のものにしようか。

……俺は本当に、クズだな。

その前に言うことがあるだろうに。

コテージに帰る途中に、吉永がさっきの話はなんだったのかと聞いてきたけれど、もう言うことはできないと思った。もっとも確実に、俺のことを好きになってもらってからだと。

何があっても、どんな事情があっても、賭けと知っても俺から離れていかないと確信を持ててからでないと、怖い。俺はもう、吉永がいないのは耐えられない。

それでも、今日で少しは距離を縮められたのではないだろうか。顔を赤くして頬を染める吉永を見たのはきっと、俺だけに違いないのだから。

離れられなくなるほど近づいて、吉永の想いを知りたい。吉永と一緒にいたい。

帰りに俺の家で、宗佑とキャンプセットの処理をした。吉永も山田さんも手伝うと申し出てはくれたが、自宅でやりたいと言ったらそれなら無理だと山田さんに却下されてしまった。

帰りも車で家まで送ると言ったのに、荷物が軽いからといって最寄り駅で解散になった。家を教えることはできないと山田さんに判断されてしまったのかもしれない。

強引にでて、嫌われるのもいやだと思ったから無理強いはできなかった。

……家を知ったら、押しかけると思われたのだろうか。否定できないのが、辛い。

「え、言わなかったのか？　……帰ってきた後やけに暗いし、夜は紘一すぐ自分のテントに戻っていったし、なんかあるのかなとは思ったけど、まさかまだ言ってなかったとか……」

「言えそうな雰囲気ではあったんだけど、途中で邪魔が入って」

明日に備えて宗佑も帰らないといけないので、酒ではなく近くのファミレスで夕飯を取った。

「呆れた。わかってんのか？　最大のチャンス無駄にしたって」

「ああ……。本当にそうだよな。どうして言えなかったんだろう。いまになって後悔してるなんて、俺本当に駄目だ」

俺が落ち込んでいると、宗佑の声色が厳しくなる。正直それくらいのほうがいまの俺にはありがたいとすら思う。

「お前なあ、このままじゃ取り返しがつかなくなるぞ。俺にはフラれる未来しか見えねえよ」

自分でもわかっているだけに、何も言えない。

「紘一、いまのままだと吉永さん、多分本当に愛想つかして終わりだと思うぞ？　やっぱりどこか線を引いてるのはわかったし、信用されてないのも」

「それは俺も感じてる。だから焦ってるんだけど……その時になると、どうしても言えなくて」

「焦るくらいなら思い切りガツンといかないと駄目だろ。正直言えば吉永さんはいままでの紘一の恋愛遍歴知っているんだから、そりゃ線を引いても仕方ない。大体本当のことを言ったとしても、簡単に信じてもらえないような最低の始まりなんだ。更に時間を引き延ばしていたら泥沼にしかならない。紘一、自分が傷つきたくないのはわかるけどな、ここで誠意見せないでいつ見せるんだ。お前がそんなんだから山田さんにも信用してもらえないし家まで送らせてもらえないんじゃないのか？　紘一のそういうところ、彼女に見破られてるんだろ」

そう言って、宗佑は明日も早いから、と先に帰った。

家に帰ってからもう一度宗佑との会話を考える。

確かに吉永は俺のいままでのクズみたいな女性とのやりとりを知っているんだろう。だから未来を絶対的に信じていないというのは、あの台詞でもわかった。

じゃあどうしてこんなクズの告白を受けてくれたのか。俺はそこに懸けたい。それでも俺のことが好きだと思っていたからなのだと。

取り敢えず、またチャンスを探って早く言わないといけない。

第五章　心の攻防戦は全戦全敗

「お盆は法事なんだ」

「うん」

今週は、もうお昼も一緒に取り出した。

いつも総務で私は一人でお昼を食べている。別に毎日作ってきているわけでもない、コンビニで買ってくる普通の昼食。こんなことならお弁当を作って、できる女をアピールするんだった。だってこんな日が来るとは思わなかった。

里村がまさかお昼にまで私のところに来るなんて、思いつくはずもない。お付き合いしている女性からのお誘いはあっても、自分から訪ねるなんてことは見たことがなかったから油断していた。今日買ってきたもの……梅おにぎり。漬物。お茶。圧倒的に色気が足りないじゃないか！　どうしてローストビーフサンドだとか、サラダスパゲティだとか、多分女子力が高いであろうものを買わなかったんだ！

そんなことを表情には出さないように、どうぞ、と私の隣の椅子に促した。

他の女子たちは大体お外でランチか、お昼だけ開放している休憩室などで集まって食べている。総務を空っぽにするわけにはいかないという、取って付けたような理由で私が毎日ここでボッチ飯を食べているのは、多分社内では有名なのかもしれない。ちゃんと里村も自分で昼食を持参していた。

そこで今週は連休があるからどこかに行こう、と誘われたのを、法事だからと断った。

本当は、絶対に行かないといけないほどのものでもない。ちょっとお手伝いしてくれたら嬉しいな程度のそんな関係の親族だ。それでも私は今週、一度頭を冷やして来週の最後の思い出に全てを懸けたかった。だから親にはもう行くと言ってあるし、新幹線の手配もしたのだった。

「そっか……今週は、会えないのか」

心なしか……どころか目に見えてシュンとしているようなのだけど。どゆこと？　ホント、期待しちゃうっていうよりは困惑しちゃうから止めてほしい。

「電話はしても大丈夫？」

「あ、うん。それは大丈夫だけど……」

なんというか、本当にどうしちゃったんだろう。

そこまで考えて、思い出したのは、用事もないのにわざわざ総務まで来て、ニヤニヤしながらどうでもいい話をしていった、あのモブ男どもだ。

ああ。そういうことか。そろそろ一ヶ月半も経つし、モブ男どももイライラして催促し出したのかな。さっきも「幸せはいつまでも続かないこともあるけど元気出せよなぁ」なーんて馬鹿みたいに思わせぶりなこと言ってたもんね。

あぶないあぶない。本当にちょっと油断すると自分の都合のいいように考えてしまう。

これもそれも、本気じゃないくせに甘い態度の里村のせいなんだから。

睨もうとして顔を見るけど、かっこよくてだめだった。顔がにやけるだけだ。なんでこんなにかっこいいわけ？　ああ眼福です。このかっこよさ国宝級！

そうそう、こうやって遠い存在として拝んでいるのが私にはあっているし、正しい距離だ。

「電話、するから。……今週は長く感じそうだなぁ」

そんなことを言いながら、新しい話題に変わっていく里村に相づちを打ちながら私は考える。同窓会はあるかと聞かれて、ないと言ったらあからさまにホッとされた。

正しい距離を測らせてほしい。じゃないと私は近くに寄りすぎて離れられなくなる。

思い出にできなくなる。その前に、あと二週間だけ。ちゃんと気持ちを切り替えないといけない。

休憩いっぱいまで里村は私のそばにいて、帰ってきた女子社員たちが私の隣でニコニコしている里村を見て驚いていた。そりゃそうだ。いままでなんの関わりもないようにしていた、社内でもそこそこベクトルは違えど有名な私たちが一緒にいればビックリされるだろう。

「里村さんどうしたんですか？　総務に用事ですか？」

里村が総務を訪れること自体が珍しい。キャッキャと近寄る女子社員ににっこりと笑顔を作って里村が言った。

「吉永と昼ご飯食べてただけだから。もう帰るよ。この席誰のかな？　ありがとうって伝えておいて」

はぁああー！　いよっ！　ほ・ほ・え・み・お・う・じーー!!

脳内で私はアイドルのファンになりきってペンライトを振っていた。

女子は赤くなって「はぃ」とモジモジしている。

うん。さすがだ。さすが里村だ。このテクで女子はめろめろになるわけですね！

じーっとその手腕を見ていたら、はっとして里村が私を見た。

多分、私の顔は尊い里村のさりげない女子落としテクを見てニヤニヤしていたと思う。

だってあとで彼女を私に見立てて妄想するつもりだし。

そんな私をどう思ったのか、里村はさっきまでの笑顔をさっと隠してしまった。

ああ、私、邪魔だった？　ううごめん里村。ついつい見たくて見てしまった。早くゴミ捨てにでも行けばよかった！

おろおろしていると、里村は一つ息をつく。

「……吉永、また帰り迎えに来るから」

「へっ!?」

きゃあ、と総務の女子から小さい歓声が沸いた。

さ、里村何を言っちゃっているんだ。そんなことをしたら、噂が駆け巡ってしまうのに。

私の返事を待たずに里村はさっさと行ってしまった。

「あの、吉永さん……。里村さんとお付き合い……されているんですか？　最近噂になってるんですけど」

「それはないです」

即否定した。

……ほら、里村が変なことばっかりするから噂になっているんだって。どうするの、これ。

＊

「奈央、あんたいい人いないの？」

ああ、またこれだ。だからここには帰って来たくないのに。

ただでさえ暑くて汗で服が肌に貼り付くほどなのに、さらに体の熱があがる。どうしてこうなんだろうな。私が独り身だからって誰かに迷惑がかかるんだろうか。どうして結婚させようとするんだろう。それが最上の幸せだと誰が決めたんだ？

それを言えば攻撃材料が増えるだけなのを知っているから私は何も言わないけれど。

「田島《たじま》さんとこの拓真《たくま》くんも結婚したのよぉ。相手は鈴子《すずこ》ちゃんだって」

ああ、そういえばそんな子もいたなぁ。確か中学の頃、理子に絡んでいた男子と、それをずっと追っかけて理子にいやがらせした女子か。そうかそうか田島をゲットしたのか。何年片思いしていたのだ？　頑張ったな鈴子ちゃん。

中学時代は冷めた目で見てた同級生の恋も、自身が六年も片思いしている状態だと祝福できるってもんだ。だって何年よ鈴子ちゃん。十五年は恋しているんでしょ。もう、超すごい。

「あんたも早くいい人見つけてお母さんたちに見せてよね？」

単純な心配と善意の押しつけが本当にイライラする。

里村と離れるために田舎に帰省したけど、ただ単に居留守して家にこもっていればよかったかもしれない。

「そうだね。いつかねー。無理だったらこっちでお見合いするわー」

「やだ、あんた二十八なんだからさっさとしないともう間に合わないわよ」

……かわしたつもりがイライラがつのるだけだった。親っていうのは子供にダメージを与えるスキルが備え付けられているんだろうか。

外に行ってくるーなんて言って、逃げた。でもどこかに行く気にもならなくて、そのまま縁側に座ってゴロゴロしながら携帯を出すと、里村からの着信に気付く。

「マメだよねえ」

こっちに来てからも毎日おはようとおやすみのメッセージが来る。

ビックリするくらい里村は私を気遣ってくれていると思う。罪悪感からなのか、それが里村の気質なのかはわからないけれど、物理的に距離を取っていて正解だったと思うほどに近い。

本当にさ、これ元々里村が好きじゃなくたって落ちるよ。こんなことをされていたら。

罪作りなイケメンめ……。ほんっとに歴代彼女さんはこれのどこに不安要素があったんだろう？　里村はフリーと見るやすぐに告白されていた。正直里村のことを大して好きじゃない女子だって、イケメンと付き合ってみたい、私でもいけるかも的に告白している人もいたような気がする。それでも付き合っている時は、傍目《はため》には仲よさそうに見えたし、私に対するいまの態度を見る限りどこにも不満要素はない……いや、関わりすぎか。

重い男だからいやがられる？　でも幸せじゃない？　私は別れるのがわかっているから悲しいけど、普通に付き合ってこれなら嬉しいけどなぁ。

いつもフラれるのは、里村だ。自分からフるなんてことができないのが里村という男だ。まあ例外もあったろうけれど。私のこの賭けも、里村が自分から賭けだと言うか、それともモブ男たちが焦れてネタばらしするか、どちらかかな、と思っていた。モブ野郎たちは意外と我慢しているらしく、私に軽い嫌味を言いに来るくらいしかしない。

そのどれでもなく続くようならば、最終日に私から賭けのことは言わないでサヨナラをするつもりだ。実家に帰ることにしたからごめんねーって軽く言って終わるつもり。

里村もそれでホッとしてくれるだろうし、それが一番波風立たないんじゃないかな。

次の日に私が退職していることを知って、もう関わらないでいいと思えば、きっと里村の日常も以前通りに戻ると思うんだ。

いまだって本当はちらちらと社内で声をかけられているのも知っているし。私といることで、里村の今度こそ本気になれる相手かもしれない女子との出会いを壊している可能性だってあるわけで。

最後、泣かないでいられるかなあ。スマートにサヨナラってできたらいいんだけど。

着信があったので、里村に電話を掛ける。

ワンコールですぐに出た。ビックリした。

『もしもし、吉永?』

「うん。どうしたの?」

『声が聞きたかっただけ』

うっ……、なにこれ。電話って録音できたっけ……。はあ、里村語録作りたい。

今度録音させてもらおうかな。パターンは何個かお願いして。
①起きて……朝だよ
②おやすみ。いい夢を
③今日もがんばって
④疲れてるの? 大丈夫、俺で癒やされて
……いい! いい! めちゃいい! ……まあ、無理だな。そんなことやったら一発アウトに違いない。

『吉永?』

「あ、ううん。なんでもないよ」

やばいやばい。電話で妄想は危険だ。

『法事は、どう?』

「バタバタしたけど、もう終わったし、後は親孝行でこっちにいるくらいかな。里村は実家に帰らないんだっけ?」

『俺は実家遠いわけでもないから、わざわざお盆だ年末だって帰ることはないかな。一日くらい顔だして終わりだよ』

「いいなあ。東京。うちは田舎だから大変だよ。お見合いと結婚の催促が……」

『……お見合い？』

語気が変わった。あ、しまったーー！　これじゃあ結婚を強請《ねだ》っているみたいに思われたかも。そうじゃない！　里村にそういうのを求めているわけでもないのに、しくじったしくじった！

頭の中がパニックになって、慌てて否定する。

「あああ！　ほ、ほら、こっちは結婚も結構早く……じゃなくて、里村には何も関係ない話だから。こっちのことだから一ミクロンも気にしないで。ホント！」

ひい。フラれるのがわかっているのに、こういう話題はしくじった本当に！

期待しているみたいに思われたら困るし、それは本当に全く当たり前だけど考えたこともないんだし。妄想は妄想で、現実にしようなんてこれっぽっちも思ったことはない。

里村からの言葉が返ってこない。

あああ、せっかくあと一週間で終わっちゃうのに、ここでジ・エンドはいやだよぉおお！

「さ、里村……？」

恐る恐る、声をもう一度かけると、しばらくしてから返答があった。

『あ、うん。ごめん……それで？　吉永はお見合いはしないよな？』

フラれたらこっちに帰ってそうしようかなって、思っていたりもしたんだけど。

少しの無言をどう取ったのか、里村から驚愕の一言が発せられる。

『迎えに行こうかな』

「はいいい!?　何言ってるの！　どうしたの里村！　キャラが違う！」

あああああ！　シマッタ！　素が出てしまった！

「ホント、そういうのはいいから。お見合いなんてしないしそんな予定もないし、こっちじゃ二十八歳なんて人気ないから！　相手も見つからないって！」

なんで私がこんなに慌てているのかわからないけど、なんかいまの里村はやばい気がする。

『……住所』

「教えない！　教えないよ！　本当に大丈夫だから里村は元気で過ごしていてね！」

『吉永がいないとつまらないよ』

……撃沈した。

里村、どうした里村。なにがあった里村。諦めている私に、ちょっとだけの期待もさせないでほしい。楽しい思い出だけほしいんだ。

その後何を話したのかも覚えてない。私は電話を切って、そのまま後ろに倒れ込んでしまった。

何を考えているのかさっぱりわからない。

普通に考えたら、私のことを恋人として想ってくれていると喜ぶところだと思う。

けれど私は知っている。これは賭けだ。私を、社内でも生意気で有名な氷鉄の女である吉永奈央を落とせるかどうかの。

先週、あの星空の下、里村は私に何かを言おうとした。それを遮ってしまったのは私で、本当はあの時、何を告げるつもりだったんだろう。いまになって聞いておけばよかったなんてムシがよすぎるけれど。

期待はしない。しちゃいけない。里村の罪悪感からの優しさを勘違いしちゃいけない。

そうじゃないと、私は壊れてしまうかもしれない。

なのに、いまのはずるいでしょう……。月曜までに整理して、顔をちゃんと作れるようにしないと。

閑話　交わらない未来

距離を縮めたいのに、今週は実家に帰省なのだという。

それを断らせるわけにはいかないし、そんな狭量な男なんて吉永は嫌うだろう。でも、不安になる。どれだけ距離をつめても、するりと抜け出て行ってしまうのではないかと。

吉永が俺との未来を諦めているだけなのか、望んですらいないのかはわからないけれど。

吉永のことを考えて会社では最小限の関わりにしようと遠慮していたのを、止めた。

いままでの俺はただ相手が来るのを待っていただけなのだから、我ながら進歩だと思うし、それくらい本気なのだと他の人間に思ってほしいし、吉永にも信じてほしい。

前の彼女と別れてからもうどれくらい経ったか。それすら記憶にない。確か可愛い子だった。でもやっぱり俺は自分を見せることもなく、ただ流されるままに付き合っていたのだ。俺と付き合った女性は、ほとんど「嫌いになったわけではない。ただ好意がある気もしないし、疲れる」と言って去って行く。

別段それを気にしたこともなかった。俺のほうは何も未練はないから。ああ、またか、という気持ちしか、なかった。

だけど吉永は、今回だけは、そういうわけにもいかない。俺が絶対に離したくない。だからできるだけ行動を起こさないとと思った。昼休みに訪ねた時吉永は目をまん丸にして驚いていて、キャンプの時は暗かったからよく見えなかったけれど、明るいところで見るとやっぱり新鮮で可愛かった。ああいう顔は俺だけに見せてほしい。

だいたい、最近の吉永は変わりすぎだ。女性社員だけじゃなく、男性社員も吉永を見る目が変わったことに、きっと本人は気付いていない。

実際何人か吉永に声を掛けては、すっぱりと自覚なしにフラれているやつもいる。帰りに俺と二人でいる時でさえ、吉永に熱い視線を送っている男を何度も見かけた。

付き合っているという噂は噂でなく本当なのだと皆に思ってもらわないといけない。それでも、俺のクズないい加減さを知っているやつは、どうせすぐに別れるのだろうと高をくくっているに違いないのだ。

そうしたら、俺と別れた吉永と……。そう思うだけで、怒りで肩が震える。絶対に離さない。

吉永奈央は、俺の恋人だ。

「昼、ここで一緒に食べていいかな?」

そう聞けば、何を言っているのかと目が訴えるのがわかった。

俺はそれを気にしない。知らないふりをして、慌てた様子で指し示された隣の席に座った。

そこで聞いたのが、お盆は帰省するという情報だった。

この長い休みを利用して一気に距離を縮めて、真実を話して本当の恋人同士になろうと思っていた俺には大打撃だ。なんとか電話だけはしてもいいという約束をもらって安堵する。

帰省なら、昔の知り合いに会うこともあるだろう。例えば……昔の彼氏とか。思うだけでイライラする。自分のことは棚に上げて、なんていやな男なんだろう。

何気なく同窓会の予定などを聞けば、そういったものはないのだという。ホッとした。

というか、吉永の男性遍歴なんて何も聞いたこともない。会社にいても仲のよい人がいない吉永は、プライベートが謎過ぎた。俺みたいなのが過去の男の話を聞くのもおかしいだろうと思うと聞けない。俺の女性遍歴を聞かれたら、うまく答えられる自信が全くないからだ。

昼食を取った後、わざと長くその場に居座れば、ランチから帰ってきた総務の女子と鉢合わせした。みんなここに俺がいることが信じられないといった顔をしているから、笑ってしまう。

「吉永と昼ご飯食べてただけだから。もう帰るよ。この席誰のかな？　ありがとうって伝えておいて」

頑張ってこの情報が全社員に伝わるほどに根回ししてほしい――そう思った自分がまたおかしくて、さらに顔がにやける。

それをどう受け取ったのか、目の前の女子社員が頬を染める。しまった。自分の無意識の行動でこうなることは、ままある。けれどうっかり吉永のことを考えていたからといって、他の女性に色目を使うようなところを見られるのは、まずい。

ちらりと吉永を見て、俺は多分、顔色をなくしたと思う。全くといっていいほど動じていない。それどころかわずかに口角が上がっている。明らかに俺のこの行動に対して何も思っていないというよりは、まるで「里村紘一だから仕方ない」と思っているような。

そこまでか。そこまで俺は信用されていないのか。……当たり前か。

絶望とともに、これではいけないと自分を叱咤《しった》する。また帰り迎えに来るから、と告げて俺はその場を去った。もっともっと、近くにいないと駄目だ。そうじゃないと本当に離れていってしまう。

休みが始まるまで、しつこいほどに二人でいるところが周りに見えるように振る舞った。明らかに困惑している吉永など意に介さないかのように。周りからも段々と、俺たちが付き合っているのだという声が出はじめて、俺もそれを否定しなかった。直接聞いてくるヤツがいなかったのを残念だと思ったほど。

先輩たちの声すらも、もうどうでもよかった。


帰省をした後も、毎日電話をした。最初はビックリしていたようだけれど、三日目には普通に話すようになった。その中で出てきた言葉が、また俺を動揺させる。

『お見合いと結婚の催促』と聞こえたけど？

お見合い？　結婚相手を探す？

その後取り繕うように発せられた言葉も、俺には理解できなかった。

俺には関係ないってどういうことだ？

「お見合いはしないよな？」

無言だった。俺がいるのに？　どうして即答しない？

吉永の隣にずっといるのは、俺じゃなきゃいやだ——。

ふと、その考えが脳裏をよぎって、腑に落ちた。俺のこの感情はもう、一瞬だけのものではないのだと。

「迎えに行こうかな」

そして吉永のご両親に挨拶をして、正式に交際を申し込めばいい。賭けのことを言って、それでもずっとそばにいたい、いてほしいと思うほどに好きなのだと告げたらどうだろうか？　喜んでくれるだろうか。……困るだろうか。

吉永から迎えは断られて、一つ二つ言葉をかわした後、電話を切ってため息をつく。

俺はこんな人間だっただろうか？

こんな風に誰かを思って行動を起こすようなことはしなかったし、わざと恋人だという噂をまき散らして逃げ道を塞ぐようなことだって考えたこともない。迷惑かもしれないとわかっていて電話を強請って、困ることがわかって迎えに行こうとする。

俺は、俺がこんな人間だとも知らなかった。

でもこれが全て、吉永を失いたくないという思いから来るのなら、これはもう恋を通り越してしまったんだと思う。吉永はたった一ヶ月で、俺を変えた。

「早く会いたいな……」

俺は冷たくなった携帯を握りしめて、ベッドに突っ伏した。

第六章　犬猿・対決

「こんにちは、山田さん」

「……こんにちは」

お盆期間である。私は高橋から突然の呼び出しを受けた。どこかに入ろうという高橋の申し出を丁重に断る。そこまでなれ合う気も、ない。駅近くの広めの公園のテーブル付きベンチに腰掛けて、自販機で買ったコーヒーを渡す。私たちの距離はこれでいい。

私としては、本当は里村を呼び出して、胸ぐらをつかんでどういうことだおまえ！　くらいは聞きたいけれど、奈央のことを思えばそれはできない。

奈央は言っていた。里村は多分賭けのことを言おうとしたんだと。それを遮ったのは自分だから里村は悪くないのだと庇っていた。けれど。

私から言わせれば、それでも賭けのことは言うべきだし、そもそもそんなロマンティックな雰囲気を作ってから告白しようとするところが卑怯だ。土下座して、奈央に申し訳ありませんでした！　好きです！　捨てないで下さい！　って言うのがスジなんじゃないか？　私の考えが奈央寄りなのは仕方ない。

「先週はありがとうございます、楽しかったです」

営業スマイルをかますと、高橋は眉を寄せた。明らかに私の態度に怪訝な顔をしている。外面が通用しない相手って本当に面倒。

「……別に、作らなくていいよ。いつもの山田さんで」

「いつもの山田だと思いますけど」

「いやいや、いつもの山田さんはもっと威嚇してくるだろ？　こうキャンキャンって」

「私は犬じゃないんですけど」

私をなんだと思っているのだ、失礼な。

まあいい。別に私と高橋は、奈央と里村という共通の話題がない限りは何の関係もないのだから。

「高橋さんも里村さんも、キャンプの手際よかったですよね。慣れてる、って感じ」

「ああ、大学時代からよくやってたからなあ。紘一もいいとこ見せられてよかったんじゃないかな」

二人でいたら、女なんて入れ食い状態だったんだろう。普通に、里村と高橋はものすごく顔が整っていると思う。実際に読者モデルはやったことがあるという話を奈央から聞いた気もする。どうせ里村は断り切れなかったに違いない。高橋に関しては何か含みがある事情もあったんじゃないかな、と穿《うが》って見てしまうのは仕方がない。だってあまりに胡散臭すぎる。

言いたいことがあれば言えばいいのに。

「奈央も楽しいって言ってたし、里村さんの気持ちも、なんとなくわかりました」

そっけなくそう言うと、冷たさが抜けて生温くなったコーヒーをようやく口にする。

私の言葉など気にすることもないように高橋は笑みを深めた。

「それは紘一を一応？　吉永さんの恋人って認めてくれたってことでいいのかな？」

「……もてあそぶ気はないんだろうなとは思ってますよ。ただこの先大事にするかどうかはわからないので引き続き様子見ですね」

いままで女性と長い間続かなかった里村が、奈央をずっと大事にしてくれるのかという疑いは晴れることはない。あのキャンプの様子から、奈央のことを大事に思っていることは本当なんだろうということは伝わったたし、このままだったら奈央も幸せになれるんじゃないかと思った。

でももしそれが続かなかった時は……？　いまはどうせ駄目なのだと諦めているからいい。

だけどもし一回その恋が叶ったとして、たった数ヶ月で壊れたらどうなるのかと、その時奈央はどうなってしまうんだろうと思うと、怖い。

じいっと目の前の男を見る。私の表情を、本音を見逃さないように見つめてくる。……苦手だ、この男は。私のペースに持っていくことができない。それならもう、隠す必要も、ないか。

別に、この人に外面の仮面なんて見せる必要もないのだ。全部ばれているとも思うし。

「……私、奈央と一緒にいたいんですよ。変な男にとっつかまって傷つくのを見たくない。だから徹底的に信じられないと、奈央を任せたくないって。里村さんはいつ奈央を捨てるかわからない。だからまだ信じられない」

私は奈央が傷つくのはいやだ。里村は、賭けだと奈央が知っている事実を知らないとはいえ、ちゃんと見てれば奈央が自分をどう見ているかなんてわかるはず。それなのに何も言わない。奈央のことをきちんと見ていない。そんな男が幸せにしてくれるはずがないと思ってしまう。

私の言いたいことが伝わったのかどうかはわからないけれど、高橋がまた薄い笑みを浮かべた。

「紘一は、大事にすると思うよ。だってこんなに必死な紘一ははじめて見たし、だから」

「奈央がなびいてないから必死になってるだけかもしれないじゃないですか」

「いや、それはない。うーん、なんていうのかな。女性限定じゃなくても、あんなに真剣に人間関係に悩む紘一は見たことなかったし、何なら結婚まで考えてるんじゃないかなって俺は思ってるくらいなんだけど」

「……は？」

「ビックリするよな。……俺もだよ。あの紘一がさあ」

高橋が後付けするように茶化している声が耳を通り抜けていく。

結婚したいって……？　何を言っているの。理解ができない。結婚？　嘘でしょ？

「……そこまで、なんだ」

カッと目の前が真っ赤に染まって下を向く。いまの私は何を口走るかわからない。怒鳴りつけそうに震える言葉を気力でなんとか押しとどめて、平気なフリをするのに精一杯だ。

普通なら、普通ならば、だ。本人からではないとはいえ、ここまで想っているというのなら、里村を認めないのはおかしいだろう。でも私は知っているのだ。奈央も知っているのだ。この付き合いは、『賭け』という、とても脆《もろ》く薄い氷の上でかろうじて成り立っているだけの関係だと。

その問題が解決されない限りは、私は諾とは言えない。でもそれを言うわけにもいかない。

「まあ、俺も紘一からハッキリ聞いてるわけじゃないから想像だけどな。それに吉永さんのほうはとてもじゃないけどそんなつもり全くなさそうだし」

そりゃそうだ。だって奈央はもう来週、最後の週末が終われば退職してそのまま別れる気でいるのだから。ここで私が『里村は奈央に本気らしい』なんてことを奈央に言うのも違う。これは二人で……いや、里村がどうにかしないといけない問題だし、高橋が本当のことを言っているのかも私は信用できていない。もし、万が一、里村の気持ちも嘘で、これも私を騙すための嘘だったらどうする？　この笑顔の裏に、ぞっとするほど冷静な顔を持つだろう男だということを知っているが故に、信じ切ることはできない。

賭けで告白をするなんてクズじみた行為をする人間を信じるのは、それこそ賭けでしかない。

「紘一は、吉永さんを大事にすると思うんだよ。あんなマメな男もそうそういないし、まあこれは俺も今回はじめて知ったんだけど、惚れた女の子には誠実なんだなあってさ」

その言葉にびくりと体が震えた。相手にも伝わってしまったと思うくらいに。

「誠実……？」

「そう、本当にいままでの紘一はどこいったんだって思うくらいだし、健気なヤツだなあとすら思うよ」

……そんなわけないでしょ。本当に誠実なら、そこまで考えているくせに嘘をつき続けるはずないでしょ。自分のことが可愛いから嘘をつき続けている男のどこが健気？　ずっと傷ついてる奈央に気づきもしないで。

――完全に、バカにしているでしょう？　奈央を、私の大事な親友を。

「結婚……考えてるから誠実で健気ってこと?」

自分の声が震えているのがわかる。それをどう捉えたのかはわからないけれど、高橋は視線を一度横にそらしてから、もう一度私を見た。そしてまたあの、うさんくさい笑い方。そう笑っていたら、いままで何でもうまくいっていた? だから今回も、私も、奈央も、全部全部自分たちの思い通りにいくとでも思っている? ……ふざけんな。

「それくらい大事に思ってるし、本気ってことわかってほしいんだよな。ホント何度も言うけど、いままであんな紘一見たことないからさ。吉永さんが靡いてくれたらいいなあって、俺の願望」

「………」

目の前がさらに真っ赤に染まっていく。この男はどこまで知っている?

何も知らない? それとも全てを知っている? 知っていたとしたらこんなふざけたことを言うか? 奈央が靡く? そんなの見てればわかる。ちゃんと見ていたらわかる。奈央が里村しか見てないのなんてわかる。それがわからないのは、里村が奈央に向き合ってないからだ。

「俺は、本気だと思っているけど。それでも山田さんは紘一を認められないわけ? それ、聞きたかったんだよね。俺も紘一の本気は応援したいと思っていてさ、紘一もちょっと微妙な事情があっ」

「それが、今日呼んだ理由？」

途中で遮った言葉が何を言おうとしたのかわかった。『微妙な事情』、それが意味するところは一つしかない。

こいつは知っている。賭けという真実を。それを知りながら、真実を告げない里村の気持ちを信じろと私に言って何がさせたい。

「私が里村を認めて何か変わる？　何も変わらないよね」

私の怒りを理解して、やっとその貼り付いた笑いをおさめた。柔和な顔から、どこか怒りさえ感じるような表情にスッと変わるのを、私はスローモーションのように感じながら見ていた。……それでもいつもの嘘くさい顔よりこっちの顔のほうがマシだと思う。

「君が紘一に、それと俺に敵意を向けてるのはわかってるんだ。あのさ、山田さんが紘一と吉永さんのことに口を出すのは、吉永さんのことを思ってじゃないの、気付かれていないと思った？」

「……何が言いたいの」

「吉永さんを取られるのがいやで、ただただ紘一が気に入らないって思っているだけだろ。違う？」

高橋の目には、図星をつかれたと思われる私の顔が映っているだろう。

そのまま、まるで諭すように言葉を繋げる。ああ、イライラする。

「確かに紘一はいままでの女性関係は乱れてたけどさ……ちゃんと見てやってほしいって俺は思ってる」

わざと私の心を乱すように言ってくる言葉が途切れて脳に届く。この男は明確に私を傷つけようとしている。

……言われずともそんなのは知っている。里村と何かあって奈央が実家に帰るのが私はいやなだけだ。

奈央のためと言いながら、私は自分のそばに奈央にいてほしいから、未来が見えない里村を応援していない。それは合っている。そんなの隠すことじゃない。だから私のこの震えは、図星を指されたからじゃあ、ない。

「紘一も、ちゃんとけじめ付けて吉永さんに伝えないといけないことがあ――」

「賭けってこと早くばらしたいって？」

その言葉に、私をいいようにしようとしていた高橋の顔が一気に引きつったのがわかった。

――今度は私の番でしょ？　その気持ち悪いヘラヘラした顔も、私の気持ちを知ったか振っているところも、クズの里村がクズな事実を隠していることをまるで仕方のないことだと擁護しようとしていることも、全部が許せない。

何よりも奈央が、それを伝えないことで傷ついている奈央がいることに気付いていない。

気付こうともしない。自分たちのことだけじゃないか。……それがどれだけ人を馬鹿にしているのかをわかっているのかこの男たちは。自分たちの都合で、プライドで、奈央に真実を言えばなんとかなるとでも思っているんだろう。

そしてそれは正解だ。里村に「賭けなんだ、でも好きになったんだ」なんて言われたら、少し悩んだところで結局尻尾を振って付いていく奈央が見える。それが悔しい。私が悔しい。奈央なんて関係ない。奈央が軽く見られている事実が悔しい。奈央が幸せだとしても私が悔しい。それは私のわがままだ。

「山田さん、それ」

「知らないと思った？　……知ってたよ全部、最初からね。告白を受ける前から全部知ってた」

クシャリと空き缶を握りつぶす音と、手にジンとしびれが走って、怒りに震えて冷静になっていない自分には気付いていたけれど、止めることもできない。

「すっごい話だよね。聞いた時にビックリした。まさかそんなクズい話を社会人になって、二十八にもなってやる男がいるんだって。先輩に睨まれて？　断り切れず？　クズ男のただの言い訳だよね。そんなん聞きたくもないけど？　それが本当に好きになっちゃったから告白して大団円迎えましょうって？　誠実だから里村を信じろって？　会社やってて顔がいいから俺を信じろって？　バカじゃないの？」

ああ、止まらない。……ごめんね奈央。あんたが守ろうとしたもの、私が壊してしまうかもしれない。

何度も心の中で謝ってみても、どうしても言わずにはいられない。

「あんたも大概頭おかしいんじゃない？　事情があるから？　どうせ今更賭けだと言いづらいだとか、そんなくだらないプライドの話なんじゃないの？　本当に悪いと思ってるなら、好きだと思ってるなら、土下座したっていいくらいの話じゃないの？　何のためにキャンプなんてくっだらないの、私がお膳立てしたと思ってんの？　ばかじゃないの。信用しろって？　してたよちゃんと！　応援しろって？　応援してたからあんなの計画したんじゃないか！」

ぼうっとしていた高橋が、私の言葉の意味するところに気付いたように目を見開く。

「吉永さん、もしかして」

「六年間想い続けて、賭けでもいいからそばにいられるチャンスができたって浮かれて喜んでた奈央の気持ちわかる？　迷惑かけないように自分の気持ちは隠して、化粧も服も可愛いって思われたいって、短い付き合いだとしても恥ずかしい思いをさせたくないって、それだけ考えてクローゼット一個新調しちゃうくらいお花畑になっちゃってた奈央の気持ちわかる？　別れた後も里村が気まずくならないようにって辞表まで出してる奈央の気持ちが、優しくされてもどうせ本気じゃないって諦めて泣いてる奈央の気持ちが！　賭けだなんだってくっだらないことで躊躇《ためら》ってるあんたたちなんかにわかってたまるか！　ふざけんな！」

笑って嫌味を言うつもりだったのに、気付いたら地面にはボタボタ私が零した涙が落ちていてみっともない顔を見せているのがわかった。それでも奈央のそんな顔は絶対こいつらには見せたくない。見せるのは私の汚い顔でいい。不抜けた顔になった高橋が、私に伝える言葉を探すように目を泳がせる。ざまあみろ。

「この話を里村にするのかどうかはあんた次第だけど、それで奈央の気持ちに胡座《あぐら》をかいて甘えたこと言ってるなら、何があろうと私は里村を許さない」

高橋の口から言い訳じみた言葉を聞きたくもないし、さすがに何も言えないだろう。

それでもやっぱりこの男はただもんじゃない。すぐに表情を取り繕った。けれどその表情はいままでに見ないほど真剣で、私は息を呑む。ごめん、と小さく呟く高橋の顔に、もう笑みはない。

「……俺が、無神経だった。ごめん」

何度も何度も口を開いては躊躇って、出てきた言葉はシンプルだった。

それでも、と高橋が言葉を繋ぐ。

「紘一のことは応援したくて。俺と違って本当に好きな人を見つけたら絶対大事にできるヤツだから。だから、俺が紘一を応援するのは許してほしい。今回のことは最低だったと思ってる。でも、それでも俺は紘一の本気を応援したい」

「それを私が止める権利はないから、好きにすればいいんじゃない？　……私は奈央が幸せならそれでいいの。たとえ里村だとしても。本当は他の人がいいけどね。私は里村が好きじゃないから」

隠しきれない本気の言葉を言うと、高橋はため息をついて困ったように笑った。

「紘一に、吉永さんの気持ちは絶対に言わないから」

「それは私の知ったことじゃないから。勝手に男同士の友情ごっこすれば？　どうせ私のこともそう思ってたでしょ。友情ごっこが好きな女って」

「……」

気まずそうに、それでもまだ何か言おうとする高橋を置いて、その場を後にした。

奈央の気持ちをばらしてしまった罪悪感に押し潰されそうになるけれど、どうしても我慢ができなかった。

でも、どうせあと少しだというのなら、奈央の幸せに里村が必要なら、里村もそれほど奈央が好きだというのなら、お願いだから奈央を繋ぎ止めてほしいと思うのも嘘ではないのだ。

……自分のしたことに言い訳を探すなんて、本当に私は最低な女だ。

第七章　最後のデート。そして、サヨナラ

お盆も終わった。一週間里村と会うことはなかった。

本当は、最後の二日は家にいたけれど、まだ実家にいるフリをした。ずっと一緒にいることが、辛くなってきたのもある。楽しいだけの思い出ではなくなってしまいそうだから。

あと一週間で私は退職する。このことは総務と人事にしか知らされていない。

送別会も断ったし、ひっそりと辞めたいという願いを課長が最後に叶えてくれたのはありがたかった。

だから私の仕事は全部きちんと一から百までまとめて資料を作ってデータにも落とした。

この先大変だからと本社希望の若手社員を支社から急遽異動させてくれたこともありがたい。というか私が割り振りしていった仕事量があまりに膨大だったために課長が選んだ苦肉の策だったようにも思えるけれど。

来週の月曜日、私はこの会社を辞める。

やっぱり最後は里村に、本当のことと、ありがとうくらいは言っておく？　賭けを知っ

ていてイケメン彼氏を味わってみたかっただけだって。そうしたら罪悪感はきっと薄れるんじゃないかな。お互いに。

それとも何も言わないほうがいいか。賭けをしていた事実自体が里村にとってはいやなことかもしれない。そこはまた考えよう。絶対にいやな思いはさせないから。

……だから今週だけは、まだ恋人でいさせて。


最後の週は特別だった。私は毎日張り切って洋服を選んで、残業も、もうしなかった。

里村は毎日私を誘ってくれたし、私も喜んでそれを受け入れた。社内でも噂は加速して、まさか私と里村が、という話はザワザワと広まっていった。何か言いたげな女子の視線を何度も受けるけれど、今更私から彼女たちに話すことなど何もない。どうせあと一週間しかない。里村は別れようといつものことだろうし、またすぐに他の人と付き合い始めるのだろう。もしかしたらもう、予約の告白を受けているかもしれない。

辞める日が近付くにつれて、私の胸の痛みも加速する。

妄想はもう、していなかった。現実のほうが遥かに楽しかった。

恋人同士になった里村とはひと月半程度の付き合いだけれど、私が思った通り……ううん、それ以上の里村で、付き合っている恋人には優しい。

他の女子を魅了する笑顔は、私に笑いかけるそれと違うように感じるのも幻想に違いない。

ずっと何かを言いたそうにしては、躊躇うことが何度もあった。それは私に賭けのことを言おうとする誠意なのだと思う。それがわかっていて、私は引き延ばそうとその話題を変えていく。

ずるい自分。あと少しだからと言い訳して里村の罪悪感を増幅させているのはわかっているのに、どうしてもその言葉を聞きたくなくて耳を塞ぐ。

モブ男たちがわざわざ用事を作って総務に来るのも慣れた。明らかにニヤニヤと下卑た笑いを浮かべているのを、私は無表情でまっすぐ見つめる。

もうすぐフラれる『里村に遊ばれて捨てられる哀れな氷鉄の女』を見物しに来たのだろう。また綺麗になったねぇ、なんて。いままで馴れ馴れしい口調なんてしてこなかったくせに、私を見下しているのがありありとわかる。酒の肴《さかな》にして楽しいのか。

……ほんっと、クズ。

金曜日、当たり前のように夕食を一緒に過ごした。

土曜日はデートの約束もした。

幸せな、幸せな、最後の週末が、近づいていた。

＊

「ゴメン、待たせたかな？」

待ち合わせの駅につくと、もう里村の姿があった。

遠目でもわかるのは、その周りでちらちらと視線を向けている女の子たちがいるからだ。

私の姿を見ると、ハッとしたように止まって、その後蕩《とろ》けたように笑顔を見せる。

「いや、俺もいま来たところだから……」

やばいやばい！　こ、これはアカン！　なんだこの破壊的なご尊顔！　周りの女子もボーッとしているじゃない。ダメダメあと三日は私の恋人なんだからあなたたちはその後にして！

「さ、里村、笑顔振り撒《ま》きすぎ。目立つ……」

彼にとってはどうということもない、いつものことなんだろう。

私の言っている意味がわからないようだ。これだからイケメンは！　あー、好き！　めっちゃ好き！

「じゃ、行こうか」

「う、うん」

今日は里村がエスコートしてくれるらしい。

ドキドキしている私を横目に、にっこり笑って私の手をとった。

「！」

「ずっと名字じゃ他人行儀だから、紘一って呼んでくれる？」

そう言われて、私は固まった。

そしてじわじわと胸にこみ上げるのは、嬉しさと、これは完全に落としに来たのだな、という思い。

なんちゃって告白から二ヶ月、そろそろ本当に付き合いたい子ができたかな？　それとも氷鉄の女と一緒にいるのが面倒臭くなったのだろうか。

ううん、どっちでもいい。私は元々里村が好きで、今日で終わりなのだから。

私も望んでいいのかな。憧れていた。妄想で終わると思ってた願いを。

「……じゃあ私のことも、名前で呼んでくれる？」

声が震える。こんな日が来るとは思わなかった。

私の気持ちなど知るよしもなく、照れたように里村が笑って、その唇が言葉を紡ぐ。

「奈央」

——死ぬ。今日は私の命日だ。間違いない。

もうドキドキも隠さないでいいや。

モブ男が隠れててもいいや。

最後くらい、ありのままの私で、いいや――。

里村も勝負かけてくるくらいだし、私がどう出ても傷つかないよね？　もうすぐ、いなくなるから。許して。

私は照れた顔を隠すこともなく笑った。

「紘一くん……今日はよろしくお願いします」

ぺこりと頭を下げて、恥ずかしくて自然とまた笑みがこぼれる。

里村は一瞬びくりと震えた後空を仰いで、ふるふると頭を振ると気を取り直したのか、何故か私と同じくらい顔を赤く染めて、こちらこそよろしく、と呟いた。

デートはとても楽しかった。動物園のあと、ランチをしたらショッピングモールのスポーツショップに。

お試しで体幹トレーニングコーナーに行って、服の下の筋肉に更に萌える。対私用《わたしよう》なのかと思うほど完璧すぎるデートプラン！　妄想と本物はやっぱり違うわ……。自分のイメージの貧困さを痛感した。さすがモテ男！　里村かっこいい！

一緒にお揃いのキーホルダーを買った。特になんてことないシンプルなスポーツブランドのロゴが入ったやつ。お揃いというだけで嬉しくて、ニヤニヤが止まらなかったけど、もうそれを隠すこともしなかった。「お揃い、嬉しい」と私が言うと、里村も照れたように笑った。幸せだった。

故郷に戻っても今日を思い出せるように、たくさん記憶しておかなきゃ。最後だから、私の妄想を全部全部できるところまで叶えよう。

私は一般ピープルのおっかけの気分を思い出しながら、疑似恋人というフィルターを最大限に駆使して楽しめばいいんだ。そうだ楽しもう！

「奈央、今日は疲れたろ？　楽しくて色々連れ回してごめんな」

夕食は洒落たレストランだった。……予約が必要なところ、だと思う。こんな格好でいいのだろうかと思ったけれど、中はカジュアルなレストランで特段浮くこともなくて安心した。さすが色々なお店を知ってるなぁ。

体力がある私たちのデートはアクティブだった。ほぼひたすら歩いていた気がする。

私としては妄想の引き出しが増えまくって、ありがたいだけなんだけど。

「ううん、とっても楽しかったよ。ありがとう。いつもデートはこんな感じだったの？　ヒールなんて履けないね」

クスクス笑いながら言うと、バツが悪そうに視線を背ける。

他の彼女のことを聞くのはタブーだったか、と思ったけれど、そこら辺は気にしていないようだ。

「……はじめてだよ。俺が行きたいと思ったところに来たのは。奈央なら一緒に楽しんでくれるんじゃないかと思ったんだ」

むむ、それは惚れてる男の好きな場所ならお前も好きだろ的な？

その通りでございます。私といてくれるだけで、この二ヶ月のバイト料を払いたいくらいで。

……ん？　私、確か好きってまだ言ってないけど、里村は私が里村のことが好きだと確信しているのだろうか？　なるほど。里村はモテるから、私の好き好きオーラを感じとってしまったのかもしれない。やだ、いつから？　最初から？　そう思うと知らんぷりの演技してたのが恥ずかしい。

でもそれならそれでいいかぁ。どうせバレてるなら隠さなくても。

「……うん。凄く凄く楽しかった。体動かすの好きだし、今度はキャンプだけじゃなくて、山登りも行きたいな。山小屋で泊まるのも楽しいかも。朝一番で見る朝日も最高なんだよね。山小屋はハイシーズンは男女雑魚寝だから、それが気になるならテントを張ってキャンプでもいいけど。紘一くんはなんでもできるから、一緒にいてくれると心強いなぁ」

来るはずのない未来の話をしてもいいよね。

「奈央と一緒にいるなら、二人でいられるテントがいいな」

……合わせてくれるのも優しさなのは知っている。

ありがとうって何回言っても足りないよ。本当にいい夢を見せてくれて。

「俺さ、奈央のこともっと早く沢山知りたかった」

「……え？」

「奈央とだったら絶対別れるなんて思わなかったろうし、俺はもっとしっかり自分を持てたと思うんだ。本当に無駄にした。六年も……」
リ、リップサービスが凄いんですけど。ホストごっこ？　これはホストごっこなのかな？　チップを渡す感じ？　え？　パンツに入れるんだっけ？　ドンペリ？　そういうこと？　指を鳴らして呼ぶの？
軽くパニックに陥った私は考えが纏《まと》まらない。

私は多分、口をぽかんとあけてみっともない顔をしていたんだろう。他のお客さんの視線が気になったからか、テーブルの上に置いてある、微妙に指を鳴らす形になっている私の手を上から握って、王子様ボイスで諭すように言う。

「そんな顔しないで。他のやつに見られたくないから……」

「……うん？」

「これからも、末永くよろしく。奈央」

「……うん」

好きって気持ちの限界まで私の恋心は振り切っていたと思ったのに、まだまだ上があったなんて知らなかった。

最後の思い出に、私は縋りつく。

食事が終わって、夜の公園を散歩する。

海の向こうに見える街の灯りが眩しくて、繋がれた手が幸せで、私は一生この恋を背負って生きていこうと思った。

故郷に戻るのはもう少し先にしよう。いま戻っても、古い田舎町じゃ二十八という年齢ではすぐにお見合いが組まれるだろう。若い子よりは需要が少ないとはいえ、田舎をなめてはいけない。二十八が年寄り扱いというのも、やっぱり都会になれたいまはおかしいなと思うんだけど。

最初はそれもいいな、と思っていた。お見合い同士、そんなにときめきはなくても暮らしていけたらいいなと。

でも駄目だ。この幸せを知ったら、こんなにも大きな『好き』の気持ちを持っていたら、他の人なんて見られるわけがない。

見つめられて、見つめ返して、近付いてくる端整な顔を見ないように目を閉じると、唇にそっと熱がおりた。まるで自然なことのように受け入れられたのは、最後だからなのかもしれない。そして抱き締められる腕に力が入って、私はそれに身を任せて体を預ける。

「……帰したくない。ずっと一緒にいたい」

それは、賭けを終わらせる言葉だということを私は知っている。完全に氷鉄の女が里村紘一に落ちたのだと。でもその言葉は私の願いともまた、一致している。

「私も帰りたくない」

そう言うと、一瞬だけ驚いた顔をして、すぐにもう一度口づけをくれた。

このまま、ずっと一緒にいられたらいいのに。これは賭けだから、無理だけど、知ってるけど。

離すことが惜しいみたいにぎゅう、ともう一度力が強くなって、苦しさを紛らわすように名前を呼んだ。しばらくそのまま返事は返ってくることはなく、ぬくもりを体に覚えこませるようにしていた私の上から、切なく名前を呼ぶ声が聞こえた。

「奈央」

その声色は悲壮なほど震えていて、里村の顔を見ようと顔を上げようとする私を抑えるように、腕の力が増す。そして。

「奈央が、好きだ」

言われた言葉に、体の力が全て抜けた。

どうして、なんて思わない。ずっと、一度聞いてみたかった言葉。里村の口から聞ける日がくると思わなかった。最後のお情けでもいい。好き。私も好き。里村が大好き。一番好き。ずっと好きだった。六年間ずっと。賭けでもいいからそばにいたいと思うほど。

言いたい、でも言えない。それは里村を縛り付けることになる。口にしてしまえば全て気持ちがばれてしまうだろう。そうなったらきっと、私を傷つけたことを後悔する、そんな人だから私は好きになったんだ。

私が言葉を返さないことを責めることもせずに、里村がゆっくりその手を私の頭にのせて撫でる。そして優しくあやすように言った。

「奈央、そのままでいいから、聞いて」

「あ……」

体の芯が凍ったような気持ちになった。

何を言われるのかわからないはずがない。きっとそれは里村の精一杯の誠意であるだろう、あの真実だろう。

私が何も言わないことを、先送るための言い訳にしないで、ここできっぱりと引導を渡してくれるつもりなのかもしれない。

そう、あの日、キャンプで私が遮ったあの卑怯な言動の報いを受けないといけない時が来たんだ。

限界だ。もういいじゃない。十分だよ。里村の良心を傷つけて、自分は逃げるつもりのくせに引き伸ばし続けて。

好きだって言ってくれた。嘘でも同情でもいい。これでいい、もういい。私はきっと諦められる。笑ってサヨナラを言うから。

最後の時間を惜しむように目を閉じて、その時を待った。

数分、そのまま時間が経過して、里村が重い口を開きかけたその時、着信音が鳴った。

名残惜しそうに里村が私の体から離れる。

ディスプレイで相手の名前を確認したあと、里村はためらいながら電話を受けた。

「……はい、わかりました」

数分話して電話を切ると心底申し訳ないような顔をして里村が私の手を握って言った。

「ごめん。会社でトラブルがあったみたいで、すぐにデータ落として確認してほしいって」

「そうなんだ……」

最後まで、最後の日までこんな風になるなんて、神様が私に下した罰なのかな。

うん、それを背負う覚悟もある。それだけのことをした自覚もあるから。

ここまでくると笑いしか起きなくて、申し訳なさそうにする里村に笑顔を作る。

「気にしないで！　トラブルなら仕方ないよ。もしかしてまた鈴木《すずき》さん？　本当にいやになるよね」

「本当にごめんな……」

「紘一くんがそんな風に思うことないでしょう？　自分のせいじゃないんだから謝らないで」

あまりに申し訳なさそうにしてくるから、私のほうが罪悪感でいっぱいになる。

早く帰ろう、と駅に向かって振り返ると、里村が私の手を引いた。当たり前みたいに。

「来週、埋め合わせするから。……そうだ、俺の家来ない？」

「わあ！　行く行く！　楽しみだなあ」

握る手に力を込めて、永遠に来るはずのないその日に思いを馳せた。


家に帰って玄関の扉を閉めた時、涙腺は決壊した。

けれどそれを止める気にもならなくて、いまの自分に素直になってたくさん泣こうと決めた。ボタボタとタイルを濡らす涙をどれだけ集めてもきっと、私が里村に犯した罪には届かない。

「ごめんね、里村。ごめん。ごめんなさい」

最初の私を殴り飛ばしたい。こんなに、もっともっと好きになるなら、告白ゲームなんて断ってさっさと退職して田舎でお見合いするんだった。そうしたら、きっと。

考えながら頭の中に浮かぶのは、このふた月の里村との思い出で、もうこの先こんな幸せな気持ちになることはないんじゃないかと思えた。困った顔も、笑顔も、驚いた顔も、全部が全部私を幸せにしてくれた。こんなに好きで、大好きな人に会えて、同じ時間を共有できた。

一生私はこの二ヶ月を忘れない。

でも、里村にとってはそうじゃない。

私ができることは、何も言わずに会社を辞めて、引っ越すこと。二度と目の前に現れないこと。それが里村にとって最良のはずだ。

明日は何も言わず、かかったデート代を返して、会社を辞める。それでいい。

そう決めて、明日に備えた。

*

「吉永さーん、本当に辞めちゃうの？　やっぱり考え直さない？」

課長がシナを作って近寄る。気持ち悪いのも今日でお別れかと思うと……全然寂しくないわ。ビックリするほどこれっぽっちも。

辞められるから残業しても苦じゃなかったけど、そうじゃないなら心病んでたわ、絶対。

「最終日にそういうのやめて下さい。他の部署に話が漏れないようにして下さってありがとうございました。お陰でひっそりといなくなれます」

「吉永さんがいなくなるのは総務に大打撃！　いつでも戻っておいで！」

「それはありえませんから」

「最後までキビシー！」

四十過ぎでその気持ち悪いしゃべり方はやめろーい。

土日のキラキラした気持ちが全部どんよりになるじゃないか。

その日は普通に業務を終えて、お世話になった複数の上司に一応挨拶に行く。辞めることを知っていた人にも知らなかった人にも残念だと言ってもらえたのは、この会社できちんと評価されていたということだから、それは素直に嬉しい。一応。

でもブラックはもういいわ。溜め込んだ貯蓄で半年はダラダラしよう。その後給料よりものんびりできる職場を選んで趣味を大事にして生きるんだ。実家に帰るのは、どうにもならなくなったらにしよう。

最後に自分のデスクの不要物を鞄に入れて、一礼した。時刻は十九時、もうすぐ里村も終わる頃だろう。ぎゅっといままでの感謝のお礼を包んだ封筒を握りしめる。

今日が最後か……。

大丈夫。このお金をちょっと預かっていてほしいと言って渡して、今日は予定があるから帰ると言うだけ。階段を昇り、ドキドキしながら営業に向かう。

——デジャブ。

営業の小会議室にまた人の気配がした。

「それで氷鉄の女はどうなんだよー」

ギクリとした。なんでこのタイミングなわけ!?

中の様子はわからないけれど、里村は困ったような声をしている。

「いや、それなんですけど」

「もう目も当てられないくらいお前にメロメロじゃないか。服装だって急に色気づいて笑っちゃうよな」

「なあ最後までしたのか?」

「もうどうでもいいから、フッちまえよ。二ヶ月ももったいぶって、俺は飽きた! 早く惨めに泣いてるところが見たい! それにお前、金曜日に企画部の百合《ゆり》ちゃんに告白されてただろ? 羨ましい! 吉永なんかに構ってる場合じゃないって!」

「違います!」

企画部の百合ちゃんは今年入社した二十二歳の女子で、可愛いと評判だった気がする。

あ、そっかぁ。百合ちゃんと付き合うから好きだとか言ってくれたのか。

そうかあ……。そうだよね。こんな賭けなんかで私と付き合って、可愛い子逃せないよね。そっか……。

ストンと胸に落ちて、私はショックよりも納得してしまった。

力が抜けて、表情も抜け落ちて、私は感情の行き場も体のやり場もなくしてしまったようだ。だから持っていた鞄を落としたことにも気付かなかった。ドス、と重い音がして、中にいる奴等が顔を出すまで。

「誰だっ！　……よし、ながさん⁉」

モブ男の一人が驚愕に見開いた目で私を見つめている。

そりゃそうだ。こんな話をした当事者が無愛想に突っ立ってたらビビるだろう。里村の顔は、見られない。

こうなったら仕方ない。どうやって何事もなく切り抜けてお金を渡すか、それに集中しよう。どうせ今日で全部終わりなんだ。みっともなく泣き叫んで里村の中の私の記憶が醜い姿で終わるのだけは避けたい。

「楽しそうなお話、していますね……？」

無表情のまま睨み付けて、会議室の中に入って扉を閉めた。この時間にしては今日は誰も周りにいなかったからよかったけれど、仕事ができない奴は誰かに聞かれるかもしれないという配慮すらできないのか。

最初は慌てていたようだったけれど、四人揃ったほうは強い。

口々に私への不満をぶちまけ始めた。

「いつもいつも無愛想にお高くとまりやがって。俺はお前が嫌いだったんだよ！」

私もあなたが嫌いですけど。というか興味ない。

「ここ二ヶ月は見ものだったぜ？　楽しかっただろ？　イケメン里村と一緒にいられて」

はい。とても幸せで楽しかったです。

「こんな時まで表情も変えないのかよ。つまんねぇ女だな。まあ、俺たちは楽しかったけど？　何も知らないで色気づきやがって、いい見世物だったからな」

こんな時にする顔は用意してないもので、すみませんね。

「奈央、俺は」

大丈夫。里村には感謝しかしてない。百合ちゃんと幸せになって下さい。悲しいけど応援してる。辛いけど里村にはいままでもこんなことはたくさんあったのを見てきたし、今回はその元カノのほうが私だっただけで、私が里村の特別になれたなんて勘違いはしていないから安心して。

穏便には、無理だな。里村が喋れないのは、罪悪感とクズモブ男たちに知らず植え付けられた恐怖からなのだろうか。それともそれは私の願望か。きっとそうだ。

ネタばらしにショックを受けて、泣き叫んで里村にしがみつく私を想像しているんだろう。ニヤニヤしているモブ男たちは、見下した目をして私の前に立っている。

――ばーかばーか。数が揃わないと強気に出られないようなドクズに負けるもんか。お腹に力をいれて、限界まで低い声を出す。

「……ええと、私がビービー泣くところが見たかったんでしたっけ？」

目に見えてびくりと震えた。四人とも。

「それで、泣いて縋るところも見たいんですよね。いやあ、いい趣味をお持ちで」

「よ、よしなが……お前なんでそれ……」

モブ男が驚愕の表情を隠さずガクガク震えている。私よりも年上の男を、会社では絶対見せない笑顔で睨み付けて、私はポケットから封筒を出した。

「全部知ってましたよ。あの日私、偶然ここを通りかかりまして。あまりに楽しそうに話しているので、これは乗って差し上げないといけないかなと。後輩として？」

泣いたら里村が傷つく。だから平静を装わなければ。

他の人と付き合いたいから、という現実を知ったところで私の里村への気持ちは変わらない。思い出をくれてありがとうの気持ちしかない。私だって騙して付き合っていたんだから同罪だ。いや、罪悪感を利用していた私のほうが罪は重い。視線を里村に向け、できるだけ事務的に言葉を紡ぐ。間違えちゃいけない。私は特別じゃ、ない。

「あなたは気にしないでいいですよ。最初の告白で断られて終わらせようとしたのはわかってましたし、私が一方的に乗っかっただけですから。イケメンと二ヶ月。ええ、楽しかったです。いい思い出ができました」

「……俺はっ」

「これは私からのお礼です。いままで支払っていただいたものなので、経費として受け取って下さい。ちょっと社会人としては帰り道もありますし、縋って泣くのはできないんですけど。すみませんね。それでも先輩方、ちゃんとね？　賭けは成立していますから、きちんと後輩に支払ってあげて下さい。……あと」

氷鉄と呼ばれた私の鍛え抜かれた眼力を惜しみなく使って、睨むのではなく、静かにゴミを見るような目で目の前の男三人を見渡して、ポケットからスマホを出した。

「こういうことを社内で行うのは、いまの時代許されないと思うんですよ。私のほうから上にあげることもできますから……ね？」

ホントに録音していたわけでもないけど、いかにも、といった風を装う。

ほぼパワハラだったとはいえ、里村にお咎めがあったらいやだし私は何も言わないけど、モブ男たちへの牽制くらいにはなるでしょう。

明らかに真っ青になってガクガク震えているモブ男どもを流し見て、ようやく私は満足した。

でも、これ以上は無理かも。ツンと目の奥に涙の気配を感じて、私はテーブルに封筒を置くと、最後に男たち——里村に向かって氷鉄じゃない笑い顔を作る。

これが最後。頑張れ私。素敵な思い出をくれた大好きな人にカッコよくお別れを言うんだ。

「里村さん。いい思い出をありがとうございました。……さようなら」

私は鞄を拾い上げて、できるだけゆっくりと歩いてフロアを後にする。そして一階についた後、全力で逃げ出した。

里村は追って来なかった。騙していたのかと罵倒されたら本当に縋りついて泣いてしまっただろうから、よかった。


——六年間の、私の恋が、終わった。

第八章　君の隣に立ちたいんだ

「里村さん。いい思い出をありがとうございました。……さようなら」

その笑顔は、昨日見せてくれた奈央そのものだというのに、まるで遠い過去の出来事のようだ。立ち去る奈央を追いかけることもできず、俺はただ立ち尽くしていた。

何も考えられずただただ呆然としたまま時間が過ぎ、やがて先輩たちが悪態をつきはじめる。

「なんだよ、あの女……知ってやがったのか。本当にむかつく女だ」

「ああ、録音までしてるなんて、なんてしたたかな女だよ。ったく、本当にかわいげの欠片《かけら》もない」

「どうせ何も言えないさ。自分だって知ってて付き合ったって言ってたもんな。同罪だよ同罪」

そう言いながらも、それは言い訳にすぎないとわかっているのだろう。顔色は悪く、カタカタと指が震えていた。それでも複数人、同志がいるというのは気を大きくさせるには十分だ。若干いつもの調子を取り戻し、テーブルの封筒に目をとめる。

「あぁ、本当にうぜえ。この封筒なんだろな？　……お、金入ってるじゃねえか。これで今日はパーッと行こう！　あいつも俺たちを騙したんだからな、これくらいもらわないとやってらんねえよなあ？」

　それに同調して他の二人も頷く。里村も、と誘われたが、もちろん俺はそんなことをしている余裕はない。早くこれを持って追いかけないといけない。奈央の家を知らない以上、いま急いで駅まで追いかけて渡さないと間に合わない。

「その封筒の中のお金は吉永のものですから。俺から渡すので返して下さい」

　手を差し出すと渋られる。彼らの中でこれはもう『自分たちの金』になっているのは決定で、その考えに虫唾《むしず》が走る。自分も奈央から見れば同罪だとわかっていながらも。

「なんだよ！　あいつが詫びとして置いていったものを俺たちがどうしようと勝手だろう？」

「……里村どうしたんだよ。お前だって俺たちと同じだろ？　吉永に騙されたんだ」

「違う！」

　言われて即答した。そうじゃない、そんなんじゃない。……違うはずだ。

「違います。俺は、吉永のことが好きなんです。だから賭けは成立しない。俺はそれを吉永に返します」

先輩たちが呆気に取られた顔をした隙に封筒を奪って、俺は会社を後にした。

足がもつれる。心臓が握りつぶされたように苦しい。早く奈央に会いたい。会って話してわかってもらって、またあの笑顔を見せて俺のそばにいてほしい。

結局駅まで追いかけても奈央の姿は見えなかった。まだついていない可能性にかけて、何本も何本も電車を見送って、それを一時間続けても来ない。その間に何度も連絡をしても、一向に既読がつくことも電話が繋がることもなかった。家に帰るまでも何度も何度もしつこく連絡をしても、一度も。

——ああ、どうしてあの夏の日、キャンプの帰りに無理やりでも奈央を送って行かなかったんだろう——。

後悔だけが押し寄せる。俺は住所なんて知らない。

どうして、どうして、どうして。

そんなことはいくら思っても仕方ない。そのうち着信を拒否されたのか、掛けてもぷつりとした電子音で終わるようになった。

それでもまだ希望がある。明日、明日になればまた会社で会えるのだ。そこで真摯《しんし》に本当のことを告げればいい。

土曜日の彼女は演技をしていたと思えない。俺のことを好いてくれているのならきっと大丈夫だ。きちんと気持ちを告げて、一からはじめればいいだけのことだ。

……まだそんな甘いことを考えて言い訳を探して、眠れずに朝を迎えた。

出社して真っ先に総務課に向かう。

そんな俺に告げられたのは、奈央がもう会社にはいないという事実だった。目の前の女子社員の、どこか責めるような視線が俺を突き刺す。

そこからその日の業務をどうこなしたかは覚えていない。

その後聞いた話では、辞めると言ったのは、俺たちが賭けの話をしていた数日後だったらしい。

――俺のせいだ。

どうしていいのかわからない。俺は、俺がクズだったせいで、はじめて大事にしたいと思った人を失った。

もっと早く言えば。もっと時間を大切にすれば。軽蔑されたくないなんて思わずに真摯に告げていれば。変わったんだろうか？　まだ隣に奈央はいてくれたのだろうか？

喪失感が胸に押し寄せる。

思い出すのは最後のデートで見せてくれた笑顔。

ぼうっと抜け殻のようになった俺は、ただただ奈央のことだけを考えていた。

先輩たちは録音が人事に回っているのではないかとしばらくビクビクしていたものの、一週間もすれば何もないだろうと、奈央が泣き寝入りしたに違いないと判断してまた態度が戻っていく。さすがに自分がしたことがまずいことだという意識はあったんだろう。奈央と賭けのことは何も広がることはなかった。

俺は最後に逆らったのが気に障ったのか、完全に無視されていて、それでも気がすまないのか、人を通して彼らの業務を押しつけられたりしていたが、それくらい忙殺されたほうがよかった。

仕事だけはかろうじてミスはしないものの、毎日顔色が悪く、週を越すたびに隈が濃くなっていく俺を心配する人もいた。

だけど俺は、そんな心配をしてもらえるような人間じゃない。

奈央に全て言おうと思った。言おうと思ったけれど、結局言わなかったのは俺なんだ。

言うべき時は何度もあった。言えるタイミングも何度もあった。それでも俺は、軽蔑されるのが怖くて、奈央が離れていってしまうかもしれないという未来が怖くて言えなかった。

今更後悔したって、もう奈央は戻ってくることはない。

俺はそれだけのことをした。このまま時間が過ぎて、諦めるのを待つしかないのだろうか。

家にいてもぼうっとして、奈央のことばかり考える。

――紘一くん。

笑顔で呼んでくれた、それも全て嘘だったんだ。奈央は、俺が賭けの対象として自分を見ていたと思っていた。

俺が掛けた言葉も気持ちも、全てニセモノの賭けの言葉だと思って一緒に過ごしていたのか。

俺にそんな権利はないとわかっていながら恨めしくなる。

着信音が鳴る。そのたびに奈央かと画面を見て、違う名前にため息をつく。

電話の主は宗佑だった。そういえば、ここひと月は一度も連絡を取ってない。

最後に話をしたのは、お盆の終わりにもう一度、奈央にきちんと話をしろと、いつもの宗佑とは違った声色で告げられた時だった。

あの時の言葉通りに、あの最後の土曜日に真実を話していたら……後悔しても、もう遅いけれど。宗佑と同時に脳裏に山田さんの軽蔑の視線が浮かんだ。

その時、一つ希望が見えた。そうだ、山田さんだ。山田さんなら奈央の居場所がわかるはず。

「宗佑！」

『うるさっ！　電話で大声出すなよ……？　最近の練習、連絡なしで来ないからどうしたのかと思ったんだけど』

そんな話をしている場合ではない。

「宗佑っ、山田さんの連絡先を教えてくれないか？」

『うん？　どうした？』

「山田さんと連絡取ってるか？」

『いや、全然音沙汰ないけど。……そういえば紘一、吉永さんに本当のこと、言ったんだろうな？』

宗佑は何も言われていない？

奈央が知っていたということは、山田さんも最初から知っていたはずだ。どうりで信用なんかされないわけだ。こうやって奈央が消えたことで、俺にも宗佑にも用はなくなったんだ。

「吉永が会社を辞めた……」

『……え』

まずは落ち着け、とすぐに俺の家に宗佑が来ることになった。

ありのままを伝えると、宗佑が盛大なため息をつく。罵倒されても仕方ないと思ったのに、俺にかけられた言葉はどうしようもないほどに冷静だった。

「だから早く本当のことを告げろって言ったよな？　手遅れになるって。こうなる前に本当のこと話せって」

「わかってる、わかってたはずなのに何も言えなかった。俺が最低なのはわかってる。でもこのままじゃ駄目だって思って。もう一度吉永と話をちゃんとしたくて」

「そんなの今更だろ？」

いつもの軽薄で柔らかな顔はそこにはない。自分がそれほどのことをしたというのはわかっている。だけど俺にはいま、宗佑しか縋れる相手もいない。ぐっと下を向いて拳を握ることしかできない俺に、宗佑が想定もしていなかったことを言った。

「俺知ってたんだよ。吉永さんが賭けで告白されたのわかってて付き合ってたって」

「……え？」

ふう、と短い息をついて宗佑が言葉を続ける。それは俺だけが知らなかった真実だ。

「お盆の時な、山田さんに、柄にもなく紘一と吉永さんのことを応援してくれないかって頼もうと思ったんだ。警戒レベル下げてくれないかなって。それでちょっと彼女をつついてみようかなって思ってさ。そしたら激怒されて、なじられた」

「山田さんは、何て言ってた……」

「吉永さんが賭けと知ってても付き合うことを選んだし、後腐れないように会社も退職するつもりだし、吉永さんがそれでイイなら、吉永さんの思い出作りは応援するって。でも賭けだって言わないくせに、本気だなんだってふざけたこと言ってるようなヤツは応援なんてしないって。まあ当たり前だよな。おっと、そんな顔するなよ、紘一。俺はちゃんと忠告しただろう？　早く吉永さんに言えって」

「それは……」

自分にそんな資格はないとわかっていながら、どうして教えてくれなかったのかと叫びたくなる。そんな俺の心情なんてすべてわかっているとでもいうように、宗佑が言葉を重ねた。

「俺はお前がちゃんと行動するって信じてたんだよ。だから言わなかった。自分で動くべきだと思ったから」

告白した時、最初に誘った時、デートの時の奈央の様子を思い出せば、宗佑が話した『賭けと知っていた』ということはあっさりと、というか当然のように受け止められた。だからいつも他人のようだったのか。俺が誰かに笑いかけても平然としていたのか。お見合いも俺には関係ないということも全部全部、カッチリとパズルのピースが埋まっていく。

そしてそれは、最初から俺との未来を全て諦めていたということを改めて突きつけられたということで、付き合って、時間を重ねてもその気持ちは変わらなかったということだ。

最後までずっと俺が奈央を騙していたと思われていた事実に、臓腑《ぞうふ》が冷え込むような感覚に陥る。

「最初から会社も辞めるつもりだったとか、吉永さん本当に凄い人だよな。かっこよすぎだろ。うちの会社にスカウトしたいくらいだよ」

「……ああ」

宗佑の冗談に返せる気力もない。

本当に。賭けとわかった上で俺と付き合って、会社を辞めることも一切匂わさず、最後は笑って去って行った。凄いとかいうレベルじゃない。

俺のことを少しでも名残惜しく思っていたら、俺に少しでも気持ちがあれば、そんなことはできないんじゃないだろうか――。

つまり、そういうことだ。

俺にとって大事だったこの関係は、奈央にとっては切り捨てることができる、どうでもいいことだった。奈央にとって俺は、すぐに捨てられるモノだったと。

でも、それはいままで俺が他人に対して思っていた感情と同じで。

俺だって人間関係は面倒だと思っていたじゃないか。深入りしないで、うわべだけで生きてきた空っぽな自分。

そんな自分のことを本当に好きになる人なんているはずないんだ。奈央だって本当は。

……そうか。

「俺、からかわれたのかな……。本当は嫌われていたのかもしれない」

「紘一、それ本気で言ってんのか？」

冷たく言い放つ宗佑の言葉が呆れを通り越して怒りをはらんでいることはわかっていた。それでも、俺だって、いま思い当たった事実に打ちのめされてる。

「……そうでも思わないとやってらんないだろ？」

宗佑から目を逸らすように部屋の隅に視線をやると、奈央と一緒に買ったキーホルダーが目についた。

あれを買う時、年甲斐もなく嬉しくなった。中学生のガキかと思うほどにドキドキして。お揃いが嬉しい、と頬を染めて笑う奈央は可愛かった。

でもずっと一緒にいたいと思っていたのは俺だけだった。

奈央はあの時でさえ、あんな笑顔を見せていてさえ、月曜には俺と決別する気だったんだ。

どうしようもなく絶望的な気持ちになって、宗佑の表情が無表情になっていくのにも気付かない。

「俺は……騙してたけど、最初は賭けだったけど、本気で好きだったんだ。だけど相手は違ってた。賭けだってわかっていて別れを前提で、俺のことも責めないで消えたんだ。それは俺のことも、この関係も、どうでもいいからだろ？　だから俺は」

「じゃあこれで終わりでいいんじゃねえの？」

いままで聞いたこともないような冷たい声が部屋に響いた。怒りも消え失せて、無機質な声と表情。宗佑のこんな顔を見たことは一度もない。

「吉永さんは賭けを知ってて、それでも思い出作りだか、女癖の悪いお前をからかうためだかまあ知らないけど、告白を受けて付き合ってさ。お前の思うとおりの女なんだったとしたら、まんまと目的を達成して消えて後腐れもなし。お前のほうも賭けには勝ったんだから金も貰って儲かった。それでいいじゃないか」

「……っ」

「お前が言ってるのはそういうことだ。だから、今更山田さんの連絡先なんていらないだろ？　紘一の言うとおり、吉永さんもきっといままでのお前と同じだったんだよ。ただ告白されたから受けただけ。流されただけ、いつものお前がやっていたことだもんな？　そのうちお互いに相手ができて、吉永さんも過去何人もいるお前の元カノの一人になるだけの話で」

「それは……」

　元カノという言葉が耳に貼り付く。体が納得することを拒否しているように。それがどうしてかなんて、考えなくてもわかっている。俺が奈央を好きだからだ。でもそう思っているのは俺だけなんだ。だって奈央は……賭けと知っていて俺と付き合って……、最後はあんなにあっさりとサヨナラをして。

　どうしようもない本音をぽつぽつとこぼしても何かが変わるわけではないのに、言葉が止まらない。

「俺だけが好きだなんて、バカみたいじゃないか……」

「ふざけるなよ、紘一」

宗佑の腕がぐっと伸びて、俺の胸倉を掴みあげる。

冷静な男には似合わないほどの熱量でにらみつけられて、ああ、本気で怒っている、なぜか冷静にそう思った。

「騙してたのはどっちだ？　最低なのは誰だった？　お前にそんなこと言う権利あると思ってるのか？　ホントに吉永さんがお前を騙してるって思ってんのか？　吉永さんってそういう女だって思ってるなら、お前に彼女はもったいないよ。他の誠実なヤツとくっついたほうが、吉永さんのためにもずっといい」

そのまま投げ捨てられるように離されて、情けなく後ろに倒れ込む俺を一瞥《いちべつ》する宗佑の顔に、感情は何も見えない。

何も言わず背を向けて帰ろうとするのをただ見送ることしかできず呆然としている俺に、靴を履き、ノブに手をかけた宗佑が、一つため息をついて振り向いた。

「紘一、もう一回考えてみろよ。本当にそれでいいのかってさ。吉永さんが騙してたとかお前のこと好きじゃないとかそんなんじゃなくて、お前がどうしたいのか考えるんだよ。このままだと本当に終わりだぞ？　何か一つくらい自分で望んで本気になってもいいんじゃないのか？　……俺たち、いままで人にも物にも執着したことなかったよな」

執着なんて、そんな記憶はない。俺はソツなくこなして、何でもやり過ごしてきた。人間関係も面倒くさいからニコニコと顔を作って敵を作らないようにして生きてきた。それがいつからか自分の首を真綿で絞めるように苦しく感じていたとしても、そのほうが楽だと思っていたし、そうすることが俺の生き方なのだと思っていた。

奈央が俺のことを過去にしたい、思い出にしたいとそう思っているなら、諦めればいいと思った。そのほうがお互いに楽だろうし、彼女も俺のことがいやだから離れていったのだろう。それを深追いして奈央に迷惑な顔をされるのも辛い。嫌われたくない。でもそれでは納得できない自分がいて、だから宗佑に、山田さんに縋ろうとした。

山田さんと連絡が取れたとして、俺は奈央に何を話そうとしたんだろう。

「このままだと本当に終わるけど、紘一がそれでいいって決めたなら俺はもう何も言わない。吉永さんが実家に帰ってお見合いでもして、お前の知らない男と笑って暮らしてる姿でも想像してみれば？　それでも『吉永が決めたなら俺はそれでいい』とか思えるなら、それはそれでその程度のものだったってことだし」

「吉永の気持ちは……」

「あのさぁ」

もう一回、わざとらしく大きなため息をついた宗佑の表情は、もういつもの顔だった。でも、からかう視線の中に真摯さを隠しているのはわかる。

「ホント言うとな、俺、この二ヶ月の紘一が羨ましかったんだよ。本当に大事な人を見つけて一生懸命好かれようとするのとか、恋愛であたふたしてるのとかさ……俺には無理だなって思ってたことだから。似ているようで、根本的に紘一は俺と違う。紘一は色んな子と付き合っていたけど、本当は一人の人をずっと探していたんだろうなって。そんで、紘一はそれができるって、そうしてほしいって思ってた。だからさ、吉永さんのことで一喜一憂してる紘一を本当に応援してたし、いまからでも遅くはないとは思っている。あとは紘一次第だけど」

そのまま背を向けて、俺のほうを見ることもなく宗佑は部屋を出て行った。

「山田さんの電話番号くらい、教えてくれてもいいのに……」

そう呟いてから、笑いが漏れる。

「最低だ。本当に、俺は……」

俺はいままで何を考えていたんだろう。ただ誰かに不快感を与えないように、誰にも嫌われないように、面倒くさいからといって自分を押し殺して。そんなものを永遠に続ける気だったのか？

どうして奈央に惹かれたのか。それはもうわかっている。

ぶれない自分を持っている強さ。

打たれても負けない強さ。

それでも、堂々としている強さ。

それがどれだけ大変なことか俺はわかっている。なぜならそれは、いままで俺が全て捨ててきたものだからだ。流されたほうが楽だった。人の言うことを聞いて、顔色をうかがって、そんな自分に不満を感じることもなかった。

意思を持たず、人を肯定して生きていくのはとても楽だった。人に嫌われるのも、不快な感情を向けられるのもいやだった。だから俺は、あんなクズな提案にもＮＯを突きつけることができなかった。

でも、嫌われるのがいやだと、いままでのようにそれなら仕方ないからと、奈央を諦めることはできるのだろうか。

いままで自分から手を伸ばしたことはなかった。このままでいるならば、いままで通りに終わるはずだ。時間が解決するということもあるだろう。また同じ日常がいつか戻ってくる。

きっとそれが奈央にとってもいいんだろう。だから俺から離れたのだろうから。

そう思えれば、どんなに楽だろうと思う。

——でも、そうじゃない。俺が諦めたいのか、諦めたくないのか、宗佑が言いたいのはそういうことだ。

そう思えば答えは否。諦めたくない。でも、どうしたらいいのかわからない。

そのままゴロンと転がって、何もない天井を眺める。奈央がいなくなって三週間、何もする気が起きず、ただゴロゴロと転がってずっと考えている。何も現実は変わらないとわかっていても、この二ヶ月のことをずっと思い出しては苦しくて、でもどうしたらいいのかわからなくて。

嫌われていたのかもしれない。でも嫌いな相手にあんな顔をするのか？

そこにかすかな光を見いだしては、自分がついた愚かな嘘にまた目の前が真っ暗になる。

宗佑が言った言葉が何度も頭の中を巡る。

『吉永さんが実家に帰って見合いでもして、お前の知らない男と笑って暮らしてる姿でも想像してみれば？』

——耐えられない。奈央の隣に俺以外の男がいるのは。

「どうしたらいいんだろう」

クズな俺の小さなつぶやきは、誰にも聞かれないまま天井に吸い込まれた。

＊

全く眠れないまま夜を過ごした。周りの社員は俺がとうとう倒れるのではないかと心配しているのか、今日はやけに声を掛けられる。相当に酷い顔をしていたんだろう。そんな中、険のある耳障りな声が後ろから響く。

「よう、里村。男前が台無しじゃないか」

「……そんなことは」

「お前なんて顔と女引っかけることしか取り柄がないんだから、しっかりしろよ」

「…………」

何も言わない俺を見て舌打ちをした後、どこかムシの居所が悪かったのか新人の男性社員にまたいらない仕事を押しつけ始める。

周りが可哀想な目で彼を見ている。いままでの俺は、何か言われている後輩をその場で庇うこともなく、その後のフォローに入るくらいでやり過ごしていた。それでいいと思っていたし、楽だった。みんなそうやっていたし、上司に言ってもさらっとかわされて、何の意味もなさなかったのだ。

　波風を立てるのがいやだった。

　何もしないで時が過ぎるならそのほうがいいと思っていた。

　それが正しいのかどうなのかなんて関係ない。自分の居場所を安全なものにしていたかったという、ただそれだけだ。

　ヘラヘラと笑っていた自分に反吐がでる。

　ぼうっと嘲りの言葉を聞きながら、奈央のことを考える。

　新入社員の時だった。「吉永奈央が上司の好意を無碍《むげ》にして、一方的にセクハラだと騒いだ」と噂になって、皆が彼女に近づかなくなり、孤立した。

　……本当は、全員がその言い分を信じていたわけじゃない。上司の阿藤さんは人がいいと言われていたけれど、何度か女子社員に言い寄っているという噂もあったからだ。それでも奈央を庇う人間が一人もいなかった。多数の意見に流されて誰も声をあげなかった。

　俺もそうだ。「ああ、吉永は可哀想だな」程度にしか思わず、何かをしようなんて考えてもいない。そこまでの仲でもないし、俺が声をあげて犠牲になるなんて冗談じゃないと思った。そう、あの時俺は確かにそう思っていたはずだ。

　俺が奈央だったらどうだっただろう。まず退職していたに違いない。耐えられない。社内の全員から浴びせられる無言の罵倒。冷たい視線。それがいやで、それが怖くて、俺はいままで嘘くさい笑みを浮かべて、付き合いたくもない人間関係を構築して生きてきたのだ。

奈央はきゅっと口を結んで、耐えていた。強い人だなと思った。羨ましいほどに。

はじめて出会った時の奈央が、あの最後の日に照れたように笑っていた奈央が、本物の、本来の彼女なのだとしたら、それはどれだけ辛い経験だったのだろう。きっと色々なものを乗り越えたに違いない。悔しい思いも辛い思いもしながら、負けないでたった一人で頑張って。

そう思い至った瞬間、自身の血が沸騰するんじゃないかと思うほど、熱くなった。

俺は何をしてきたのだろうか、いままで。いつもいつも諦めて、その場の空気を読んで。こんな俺が、奈央に選んでもらえるはずがない。俺自身の中身になんて、何の価値もなかったのだと改めて思い知らされる。

やっぱり、諦めたくない。

そばにいてほしい、そばにいたい。俺の隣にいるのは、奈央の隣にいるのは俺じゃなければいやだ。諦めることなんてできない。

嫌っている人間と付き合うことができるほど器用ならば、最初から孤立なんてするはずもない。そう思うのは奈央への侮辱だ。……それは俺が希望を持つに値することで。

その希望を現実にする。そのために俺ができることは？　少しでも彼女に近づくには？

自然と足が動いて先輩の元へと向かう。自分でも信じられないほど腹の底から力が沸いてくる気がした。

「鈴木さん。もう止めませんか？　業務中ですよ」

自分でも、こんな声が出せたのかと思うほどに低い声が出た。あの時の奈央のように。

いまいる全員の視線が俺に集まる。……その視線も気にならない。いつも強かった奈央のように、俺も。

……あの時の奈央の姿は、いまでも覚えている。きっと、俺はずっと、吉永奈央を特別に思っていたのだろう。

「俺がその見積もり引き受けるんで」

新人には難しい価格の見積もりを取り上げて、彼を逃がした。ぺこりと俺に頭を下げて、青い顔をしてふらふらと、それでも先輩たちの顔色を窺っているのが自分と重なって、自身への嫌悪が増す。

「里村お前」

「早く業務しましょう」

有無を言わさずにその場を解散させると、デスクの前で突っ立ったままの新入社員に「いままでごめん」と一言告げた。その日一日、彼らに睨まれたままだったけれど、俺にはもう関係ない。

そして数日後、いままでためてきたパワハラの証拠をまとめ上げると、俺は上司ではなく、直接人事部へ向かった。うちの上司では駄目だ。もっときちんと対処してもらえるところに行かないと、この状況は変わらない。俺のやることがわかったのだろう、朝、同僚に声を掛けられた。

「里村、俺も行く」

「私も、一応音声を録ってたデータあるから落としてきたよ」

……一つ行動すれば、周りは協力してくれるのか。

俺は恵まれている。奈央が一人で戦わなければいけなかったことに、俺は協力者がいるのだ。皆で、最近やっとできた、人事のコンプライアンス部門に乗り込みデータを渡す。これでどう変わるかもわからないけれど、少しでも変わればいいと思う。

また数日が経ち、俺は三人に呼び出された。……わかっている。糾弾した代表は俺ということになっているのだから。わかっていて、そうした。俺はもう逃げないと決めたから。

「里村ぁ、随分なことしてくれたじゃないか。お前のせいでどうなったと思ってるんだよ」

「早く上に間違いだったたって言えよ。お前、俺たちに逆らってどうなるかわかってるのか?」

「散々色々と教えてやったのに、恩を仇で返しやがって」

止まることなく振ってくる罵倒に、笑ってしまった。こいつらに逆らって嫌われて、俺に何か不利益があるのか? 会社を辞めればただの他人だ。それだけの関係のくせに、どうしてこんなに強気でいられるのかわからない。

「わかってないのはあなた方じゃないですか? 会社でどれだけ自分たちが皆に嫌われているのか、不要だと思われているのか理解していない」

「な!」

「もう諦めて下さい。やり過ぎたんですよ。俺だけじゃない、全員があなたたちをいらないと言ってるんです。吉永があなたたちに釘を刺したあの時が、最後のチャンスだった」

その言葉を聞いて、彼らは一瞬怯んだ。でもその後すぐにニヤニヤと醜悪な顔になる。

「なんだよ。お前だって同罪じゃないか。女子社員を使って落とすか賭けたって? お前も同じだろう?」

そう言われることは、想定内だ。

「そうです。だからそれに関しては俺も何も言うつもりはない。ただ吉永の名誉もあるので俺から人事に言う気はありません。あなた方が言いたいのならどうぞ。それに準じて俺が受ける処罰があるのなら、俺はそれを全て受けますよ。自分の蒔いた種ですから」

俺の本気が伝わったのか、三人が吉永と対峙《たいじ》したあの時と同じように震え出す。

——ああ、こんなのを怖がっていたのか。馬鹿らしい。

奈央はこの醜悪なものとずっと戦っていたのか、一人で。……そして俺もその中の一員だったのだ。

「言いたいことがそれだけなら、俺はもう行きます」

奈央のように強く、何を言われても強く。そうなりたい。


——先輩たちは俺も一緒に落とそうと奈央のこともばらしたらしいが、奈央はそれが原因で辞めたわけではないと総務の課長が証言した。このことまでわかっていて根回しをしていたんだろうと思うと、余計に胸が痛む。

また少しして、先輩たちの処分が決まった。

子会社の、更に下のコンビナートの工場に飛ばされることとなったのだ。

法ギリギリのこともあったパワハラ問題を公にしたくない会社が提示したのは、いままでのことを訴えない代わりに、そのコンビナート工場の平社員として一生を過ごすというものだった。

本社のエリートなのだと偉そうにしていた彼らからしてみたら、これ以上ない処分といっていい。

それに付随して、社内で一斉にハラスメントの調査が始まり一時期はバタバタしていたが、それも落ち着いてきた。

しかしそんなことはもう俺にはどうでもよかった。元々会社を辞めてもいいと思って人事に申し出たのだから。

一つ区切りがついた。ずっと考えていた。行動を起こす時も、最中も、いつも俺の中に、奈央がいた。奈央ならどうするだろうと考えながら過ごせば、それだけで勇気をもらえたし、他人の顔色を窺うのではなく俺自身がしたいことをすればいいのだと、そう言っていたのを思い出すと仕事にも張り合いがでる。

だから、俺はいまの俺で、もう一度奈央に会いたい。

縋ってでも、もう一度チャンスがほしい。奈央がどう思っているかなんて関係ない。

俺が、俺が彼女をどう思っているのかを伝えたい。誤解を受けたまま終わりたくない。

会って、話をして、もう一度だけチャンスがほしい。土下座してもいい。なんでもいい。

もう一度顔が見たい。声が聴きたい。ただ、それだけで。

*

そうは言っても、俺には奈央を捜すための情報が何もなかった。

最寄り駅は知っていた。だから休みの日はその駅に行って、一日中奈央の姿を捜した。

終業後も時間があればその駅で降りて、偶然にも会えないかと奇跡を信じた。

……それでも会うことはできなかったけれど。

そんな時間を過ごしていたある日、ふと休日の駅で壁に貼られた一枚の募集のポスターを見て、俺は奈央の言葉を思い出した。

——そうだ、そうだった。奈央は言っていたじゃないか。フットサルをやっていると。

どうして忘れていたんだろう。

もうここまで来たらストーカーだ。でもそれでもいい。もう一度顔が見られるのなら、あの声を聞くことができるのなら。懺悔《ざんげ》をしてもう一度だけ、もしチャンスを貰えたならば——それは都合のよい夢だけれど、夢にするつもりは、ない。

もし許してもらえるならば、もう絶対に間違えない。心からの本音を、はじめて恋をした唯一の彼女に。

少しだけ見えた光明に縋るような思いで、俺は駅を後にした。

第九章　現実は妄想を超えて

季節は巡り、早三ヶ月。会社を辞めて私は故郷に帰ることもなく住まいも変えず、のんびりと過ごしている。

幸い貯蓄はあるし退職金も出たし、まだ余裕がある。

休日のことなど考えず、好きな時に好きなことをする。そんな日がくるとは思わなかった。

会社勤めじゃなくても何か仕事ができないかと思ったけど、楽して稼げるものはないんだなぁと実感している。

親には会社を辞めたことは言っていない。一応大手企業ではあったし勤めている間は何も言っては来なかったけれど、辞めたとなればお見合い大作戦が母の中で組まれることは間違いないと思う。

里村のことは、最初はピーピー泣いていたけれど、どんどん時間が経つにつれて、やっぱり幸せな思い出になっていった。

好きの気持ちは変わらないけれど、こう……アイドルと疑似恋愛ごっこができたような感じ？

あ、イケメンアプリでもやろうかな。課金しないで行けるやつ。

もそもそと携帯を取り出して無意識にアドレスを辿ると、『里村紘一』の名前はきちんとそこにあった。

あの日の夜、連絡をたくさんもらった。

SNSのメッセージは読む勇気がでなくて、けじめを付けるためにもすぐ着信拒否にした。

その後携帯を変えて、電話番号も変えた。

それでも私の携帯に里村の電話番号をわざわざ手動でいれたのは、思い出にしたいからか、未練からか……。

「あー、しっかりしろ私。人生まだ半分も終わってない！」

放ってあったフットサルバッグを持ち上げて、片手でぎゅっと持ち手を握りしめて気合いを入れながら玄関を開けた。

フットサルの四級審判の資格も取ったし、暇な時はボールを持ってメンバーと公園に行ったりして。

うちのチームのメンバーはママさんからバリバリの社会人、果てはお水までなんでもありだったりする。それが楽しい。

「なおちゃんうちの会社に来なさいよー」

「えー、真理恵《まりえ》さんの会社ってワンマンでブラックそう！」

「ひっどーい！　そんなことないわよ！」

「うちの店はぁ？　なおちゃん美人だしー！　キレイ系揃えたいんだよねー？」

「美人でもないし対人は無理！　ニコニコできてたら氷鉄なんて呼ばれてないよ！」

「こーんなに笑い上戸なのに氷鉄とかマジで笑えるー」

……ケラケラ笑いあって、楽しい日常だってあるんだ。

「よし、試合頑張ろー！」

「たまには勝ちたい！」

「ほんとほんと！」


……結果、ボロ負け。でも最初の頃よりみんな上手くなったし、やる気があればそのうち一勝くらいできると思う！

負けてもみんな笑顔。私はこの人たちが大好きだし優しい世界だと思う。

残業でボロボロになってたのも、失恋でグダグダになってたのもみんな知ってる。

男なんて大したことない！　って、私をご飯に誘ってくれる。

……足りないものなんてない。里村の姿を探していた日課も、会えないいまではもう関係ない。たまに胸が痛むけれど、それも時間が解決してくれるだろう。

ゴールを片付けて帰り支度を始めていると、辺りがザワつき始めた。

ん？　何か事故でもあったのかな？

騒ぎに背中を向けていた私は振り返り、遠目にその姿を見た瞬間、まず理子に確認を取った。

「理子、幻が見えた。末期症状かな？」

私の言葉に盛大にため息をついた理子が、私の頭をぽかりと叩く。

「幻覚がこっち向いて歩いてきたけど？」

その言葉とともに幻覚と目があった気がして、その幻覚が私のほうに駆けだしてくるのを確認すると、条件反射的に私はくるりと皆に背を向けて、逃げた。

「無理！！！！」

「な、なおちゃん!?」

「どうしたのっ？」

「みんな、あの、あの人止めてーー！」

みんなの呼び掛けに、逃げながらそれだけ言うと、全力で走り出す。

試合後の全力ダッシュはきつい！　きついけど会いたくない！　会いたかったけど会いたくない！　後ろから物凄い勢いで追いかけてくる足音が聞こえる。

ちらっと様子を窺おうと走りながら振り向くと、追いかけてくるソレの後方にタオルを振り回している仲間たちが……っておいっ！

「がんばれーーー！」

「なおちゃーん！　つかまるなぁー！　逃げろー！」

「男は追いかけさせてナンボなのよー！」

「ひいい！　みんな裏切りものおおっ!!」

そんなみんなの応援？　を受けながらグラウンドを突っ切って全力疾走するけれど、体はヘトヘトだし、更にしっかり運動をしている体を持つソレに私が勝てる筈もなかった。

借りてた運動場の端っこまで追いつめられた私はもう疲労困憊でゼイゼイと肩で息をするしかない。

後ろには塀。横にはフェンスと小屋がある。そして前には……困った様に立っている里村が。

……そんな顔するくらいなら追いかけてほしくないんだけど。

まだ息が上がって動けない私に恐る恐る近付いて、肩に指が触れた瞬間に自分でも驚くほどびくりと跳ねた。

それはもちろん里村にも伝わって、端整な顔を歪ませるともっと苦しそうな顔をして、触れようとした手を下げる。

……私の心臓は走っただけじゃない動悸が激しくて、顔を見ることができずに仕方なく下を向いた。

やっぱりまだ怒ってる？　騙したから？　三ヶ月も経ってるのに？　どうしてここにいるの？　なんで？

『どうして』と『なんで』を心の中で繰り返しながら、どれくらい経っただろう。ようやく里村の口から出た言葉は、予想していた罵倒ではなかった。

「……ごめん……俺なんかに触られたくもないよな……」

いや、そんなことはないんだけど、声が出ない。

ダッシュと重なる緊張で喉がカラカラだ。切実に水がほしい。

砂漠の旅人がオアシスを見つけた妄想をし始めたけれど、それは蜃気楼だったため、私の喉が潤うことはなかった。

「俺……本当に何て言ったらいいのか。謝っても許してもらえないのはわかってるんだ。それでも……そうだとしても……」

謝る？　怒ってるんじゃなくて？

どういう話の流れなのかイマイチつかめなくて、私は里村の表情を見るために少しだけ顔を上げる。

ちょっと痩せた……？　顔がやつれている気がする。でも三ヶ月ぶりに見てもやっぱり格好よくて、私はすぐに下を向く。はー、見られない。

「許してもらえなくても、奈央を好きだって気持ちと……本当のことだけは言いたくて……」

……ん？　なんだと？　いまなんと？

「俺が奈央を騙した話は……、先輩から賭けを持ち掛けられて、断り切れなくて仕方なく受けた。最初は本当に、告白して断られて終わればいいやってそう思った。まさか奈央が了承するなんて思えなかったし」

ですよねー！　……というか、さっき何て言ったかな？

「思いがけずオッケーになって付き合うのが始まったけど、最初はまずいことになった、いつ別れようってそれだけを考えてて、先輩から突っ込まれてお茶に誘って……」

うん、そこら辺は私もわかってた。というかホントさっきなんて言いました？　もう一回その辺を聞かせてくれないかな！

「はじめて映画に誘った時はもう多分惚れてて、でも俺こんな風になったこともないからわからなくて。いつも俺が誘わなくても相手が誘ってくるし、自分からこう手を伸ばしたこともなくて。奈央は俺が誘わないと一緒に帰ることもしないのに、喋ったら趣味は合うし楽しいし、どんどん好きになった。……多分阿藤さんのことがあった頃から気にはなってたんだと思う。強い奈央に」

さとむら、と声にならない空気が私の喉を通る。

「俺の告白を受けてくれたんだから、俺のことが好きなんだろうって変な自信もあった。最後のデートの時は舞い上がった。俺に、多分本当の奈央を見せてくれて心が近付いたって思ったんだ。だから、絶対離したくなくて。それまでも何度も賭けのことを言おうとしていたけれどなかなか言えなくて、あの日、本当のことを言おうと思った。あの先輩たちは絶対にいつか奈央を傷つけるから、その前に俺の口から言えばいいって。でも言えなかった。軽蔑されるのが怖かったんだ。……無駄な考えだったけれど」

自嘲気味に呟いて、里村の言葉はそこで止まった。

私も何か言いたいんだけど、言われている内容にパニックだし、乾いた喉が更に貼り付いて言葉も出ない。

覚悟を決めてもう一度顔を上げると……里村が泣いていた。

「っ!?」

慌てて肩にかけていたタオルで拭こうとしたけど、これはさんざん汗拭いたやつだった！

思い直して腕を下ろそうとしたけれど、手首ごとそっと掴まれる。弱々しい、力の入らない、いつでも振り払えるくらいの力で。

「あの時……最後の時、俺何も言えなくて。奈央が知ってたなんて思ってもみなかった。考えてみたら確かに俺は好きだなんて言われてなかったし、最低な俺たちに報復したっておかしくないと思った。あの時呆然として声が出なくて、家に帰って連絡しても当然奈央は出ないし、それでもまた次の日が来たら会社で会えるって、そこで誤解を解こうってそう思ったのに……もう奈央はいなかった。あの賭けの話をした直後から辞めることは決まってたって総務で聞いて……ショックで俺はもう……なんてことをしたんだろうってって……」

辞めたのと里村はなんの関係もない。むしろブラックな職場を辞めるきっかけをくれたのが、あの小会議室の賭けの内容だったのだ。何も気を病む必要なんてない。

……何でこんなに辛そうなんだろう。騙したのはお互い様だ。

むしろ私のほうが悪いと思う。だって里村が好きだから、その賭けを利用したのだ。

私の好きな里村は、賭けだからってあんな風に笑わない。嘘でも好きだなんて言わない。普通に考えたらわかることだったのに、ずっとずっと自分を偽り頑なだった私は、思い込みだけで里村を傷付けた。

こんな顔をさせたかったわけじゃないのに。

「奈央がいなくて、俺は後悔したんだ。もっと早く奈央に告げていれば。会社は辞めたっていい。でも俺との接点を全部なくすようなことはしなかったんじゃないか、いまは俺が好きじゃなくても好きになってもらえるチャンスはもらえたんじゃないかって」

いまでも大好きですし、いま頭の中がグルグルして追い付いてないんです。だってなんか……これは、夢も妄想も追い付かなかった愛の告白。

「奈央は会社でも親しい人はいなかったし、住所は教えてもらえないし、もう八方塞がりで、それでも諦めきれなくて、宗佑の伝手《つて》を使えば山田さんとの連絡が取れるのもわかってた。でも俺はどうしても自分の力で奈央に会いたかった。そうしてはじめて、俺は奈央に告白をして縋れる権利があるような気がしたんだ。休みの日は奈央の家の最寄り駅で一日立ってることもあった。……ストーカーみたいで呆れるだろ？　気持ち悪いよな……」

私なんて歴代彼女から趣味嗜好、果ては里村の家の近くまで探りにいったことあります、なんて言えない。

「その時駅のポスターを見て気付いた。それはただのメンバー募集のだったけど、女子のフットサルチームに入ってるって言ってたなって。で、この辺のフットサルチームを片っ端から当たって、今日やっと見つけた……会いたかったんだ、本当に」

……ここまで私は一言も喋っていない。というか喋れないんだけど。

それでもあの里村がここまで自分の気持ちをストレートに言うというのは……本当に、冗談じゃなくて、私の都合のいい脳みそが見せた妄想でもなくて、本当に……本当？

「本当に最低だし、許されることじゃないってわかってる。でも奈央が好きなんだ。諦めきれない。お願いだからもう一度チャンスを俺に下さい。大事にする。好きになってもらえるように努力するから」

返事の代わりに私の瞳からはボトボトと涙が溢れてきて、ちゃっかりとそれを舐めて喉が少し潤った。

私が泣いたのをどう判断したらいいのかわからないんだろう。おろおろと私の肩に手を置こうとしては、下げる。変なの。こんなにカッコイイのに、モテる人なのに、私は最初から好きなのに、私なんかで不安になるんだ。

「わ……、わたし……はっ、里村が、好きだよ。ずっと好きだったの。優柔不断で人のお願いを断れないところも、自分の考えを言うのが苦手なところも。こうやって勇気を出してくれたところも」

どこが好きかなんて、もうわからない。私は思いを拗らせすぎて、いまはもう里村紘一という存在そのものが好きで好きでどうしようもないのだ。

だから私も言わなきゃいけない。里村がここまで言ってくれたのだから、私もきちんとその思いに応えないと。妄想に逃げないで、私の気持ちを。

ぎゅっと私から手を握り返して、額を当てる。

「賭けのことを聞いた時に、いい思い出をもらおうって思った。もう会社にいるのも限界だと思ってたし。それなら好きだった人と思い出を作って辞めようって、そんな安易な考えだった。一緒にいるともっともっと好きになったし楽しかった。私は里村のことが好きで、幸せだったよ。これを思い出に一生過ごせると思ったくらいには。キャンプの時だって、最後のデートの時だって、里村が本当のことを言おうとしてくれていたこと、わかってたの。でも私は怖くて、そう言われてもう二人で会ったり、一緒に過ごす時間がなくなるんじゃないかって思って、それが怖くて言葉を遮った」

「奈央……」

「それで、最後のデートの時は私も思い出に、一日だけでも里村と本当の恋人同士みたいに、一緒にいられたらそれでもういいって、それであきらめようと思った」

ぎゅっと握った手に力がこめられて。私の言葉への拒絶が嬉しい。

「私は幸せで、でも賭けの対象だからなんだと思ったら苦しくて、でも嬉しくて……。本当は何も言わないで辞めるつもりだった。里村が、私が賭けに気付いているとわかったら傷つくだろうなって思って。最後のあれは偶然。デート代だけ渡して全部切ろうと思ってたのに……あの人たちほんと、ひどい」

「あの後、俺もいままでのことを上に言ったんだ。けっこうグレーゾーンを超えたパワハラも多かったし、他のやつらもやられてたから。それで処分が決まって、あいつらは違うところに飛ばされたよ……もうこっちには戻ってこられないと思う」

「あ、そうなんだ。じゃあ少しはよくなるといいねえ」

「俺もその時辞めようと思ったけど……、腹を決めたら居座る気になれたんだ。奈央のおかげだ」

「……そっか。里村は営業が似合うよ」

へらっと笑うと、里村も困った様に笑った。ああその顔も眼福。

「……私ね、会社は辞めたけど……ずっと里村とのことを思い出して暮らしてた。幸せな夢だったって思いながら、諦められなくてずっとずっと考えてたよ」

顔をしっかりあげて前を見据えて私は笑顔を作った。すれ違わないように、優しくて傷つくのが怖いこの人が、ちゃんとしっかり理解できるように。

「私も、賭けだって知っていたのに騙しててごめん。怖がって、好きって言えなくてごめん。里村が嘘で好きなんて言う人じゃないって、考えたらわかるのに、あの時は自分の考えの中でしか答えを出せなくて、里村を信じられなかった。ごめんね。何も言わないで逃げてごめん。いまも逃げちゃったし、私のほうこそ今更で、それでも私は里村が好き。だから……」

私が続きを言おうとしたら、里村の指が唇に触れた。

私の大好きな、少しだけ色素の薄い瞳が柔らかく愛《いと》しげに笑いかける。

……この視線を、この人を、私は誰にも渡したくない。諦めるなんて無理だ。思い出にするよりも、もっと。

「……その告白はちゃんと俺からさせて。奈央が好きだ。俺はこんなんで、これからも奈央に迷惑かけることもあると思う。それでも……、一生、大事にするから……、俺の恋人になって下さい」

さっきよりも大粒になった涙を撒き散らすみたいに、私は何度も頷いた。ぎゅうと抱きついて、私を受け入れる腕に幸せを感じて。

しばらくそうしていたら、里村が「そういえば」と私の顔を指で上げた。これは……あ、顎クイですね！

ドキドキが止まらない私に、それはもう蕩けるような笑顔を見せて、里村が笑う。

「……里村って呼ぶのはもうやめて？　将来的に奈央も里村になるんだし」

「……へ？」

ぽかんと見上げると、軽いキスが額に降ってきた。

ちょ、ここ外ですけど!?

「結婚しよう。奈央も同じ気持ちだったなら本当はいますぐに婚姻届だけでも出したい。だけど、ご両親への挨拶もあるし、そういうわけにもいかないもんな」

「は？　は？」

「来週、時間をとって奈央の実家に行こう？」

「へ？　え？　はい？」

「考えるだけで楽しいな。取り敢えずもう今日引っ越してくればいいよ。いまから奈央のものを買いに行ってそれで」

「ちょ、ちょ、ちょーーーっと待ったぁあああ！」

なんだなんだこの生き物は！　あの優柔不断、優男《やさおとこ》の里村紘一はどこにいった！

「ちょ、ちょっと性格変わったんじゃない？」

私がそう言うときょとんとした顔をして、バツが悪そうに困った眉をして、ゆるゆると口元を緩めて嬉しそうに笑った。あー、ほんと、カッコいい……じゃなくて、さっきまで悲壮な顔して泣いてたの誰だっけ!?

「ほしいものはほしいって言おうと思って。きっちりやることだけやって、あとは自分の思うまま、好きにしたっていいって教えてくれたのは奈央だろ？」

「そこまで言ってないし!?　だからって変わりすぎでしょ？　二十八年間の自分を思い出して！　ほらいますぐ！」

「いまの自分が好きだから、もうこれでいいんだ」

だからよろしく、と私が一目ぼれしたあの笑顔で言われたら、私は陥落するしかない。

だってもともとの経験値が違うし、思っていた期間だってずっとずっと違うのだ。こちとら六年だぞなめんな！

ちゅ、ちゅ、っとおでこと頬にキスが落ちて来て、私はあたふたするしかない。おーい！　だからここは外なんですけどーー!?


「あらあら！　カップル成立？」

「なおちゃん彼氏イケメンじゃないの！　しかもふられてなかったし！」

「ラブラブやん！　心配して見に来て損したー」

「アハハすーちゃんが冷やかしに行こうって言ったんじゃーん！」

「里村ホントに奈央を幸せにしないと……殺すから！」

「ギャー！　みんな見ないで！　見ないでーー！」

青空の下、私の絶叫が響いた。

エピローグ

「ふうん、そんな一発逆転がおきたんだ」

テーブルをはさんで、私と紘一くん、そして高橋さんが座っている。

あの告白のあと、もう少しだけ色々待ってほしい、という私の意見を尊重して、ゆるゆると本当のお付き合いをすることになった。

紘一くんは本当に、人が変わったみたいに積極的になって、私は幸せメーターが爆発して死んでしまうのではないか？　という心配に反して、なんとか日々を生き抜いている。心の衛生兵はフル稼働だ。

そんななか、紘一くんが、高橋さんに報告がしたいということで、今日いま、この個室に三人でいるのである。

「宗佑にもたくさん世話になったから、ちゃんと報告したくて」

「律儀なことで。うっわー、もう紘一、顔緩みすぎてない？」

そうなの？　私にはいつもの最高級世界遺産里村紘一にしか見えないですけども！

「……宗佑のおかげで、行動できたって思ってるからさ」

「ああ、吉永さん、こいつね、俺に吉永さん取られるって思ったらしくて、笑っちゃうんだよ」

「宗佑！」

あー、この二人はやっぱり、高橋さんのほうが上手《うわて》なんだなあ。私にとっての理子が、紘一くんにとっての高橋さんなわけだ。

もう表情を隠す必要もなくなった私はそんなやりとりをにこにこして見つめてしまって、それに気づいた高橋さんが面白いものを見るように紘一くんに声をかける。

「吉永さんのそれ、彼女になっても変わらないんだな」

「それって？」

何のことかわからず私が聞くと、高橋さんが最初に出会った時の印象を交えて教えてくれた。

「はじめて会った時、まるでおばあちゃんか親戚のおばさんみたいな顔で紘一のこと見てるからさ、その時から吉永さん、紘一のこと好きなのかなって思ってたんだけど、本当に付き合いだしても同じじってことは、吉永さんはぶれてなかったんだなって」

当時はファンとして推しを見てる感覚だったからなあ……。ごまかすように遠くを見る。

「紘一もそれで焦っててさ。全然本当のことが言えなくて」

それは、本当にその時から私のこと、好きでいてくれたってこと、なのかな。

自分のどこに紘一くんが好きになった要素があるのか皆目見当もつかない私の顔は、ハテナマークでいっぱいだ。

でも、ずっと悩んでいてくれたんだな。いや、私が悩ませてしまった。

最初から、私が紘一くんのことを好きなんだと伝えていたら変わっていたんだろうか。

「まあ、結果オーライってやつだし、いいんじゃない？　二人にとってはこれが最短の道筋だったんだと思うし」

最短と言われると、私が紘一くんに抱かせた思いに胸が締め付けられる。

黙り込んだ私を和ませるように高橋さんが話題を変えた。

「そういえば紘一、山田さんにブチ切れられなかった？」

その高橋さんの言葉に、紘一くんはあの日のことを思い出したらしい。

「だ、大丈夫、だと、思う」

すべてを知っているがゆえに、理子は紘一くんに厳しかった。あの告白の後、本当にこいつでいいの？　と紘一くんを目の前にして言いきった理子は強い。もちろん私は紘一くんがいい！　とハートマーク全開で答えたわけですが。

「理子は私のこと心配してくれてるだけだから。ずっと応援してくれてて」

「……だろうね」

「？」

何か含みを感じるけれど、もしかして二人の間に何かあったのだろうか？

お互いに連絡先を知っているし、もしかして二人は……その……。

「吉永さんが思ってることは何もないから。俺、山田さんに嫌われてるしなあ」

私の表情で読み取った高橋さんが、言葉を発する前に答えをくれた。

まあ、理子が一番嫌いなタイプだし、ありえないか。

「あそこまで嫌われるのあんまりないから逆に新鮮だよな」

「理子に遊びでちょっかい出すのやめて下さいね」

紘一くんの親友でも理子をからかわれるのは許せない。

「ないない！　っていうか、吉永さんと山田さん似てるよね。類は友を呼ぶって感じ」

私と理子が似ている？　はじめて言われた。でも悪い気もしないし、実際そうなのかもしれない。だって紘一くんと高橋さんもやっぱりどこか似ている。

じいっと高橋さんを見ていると、紘一くんが慌てたように私の視界に手を振った。それを見てまた高橋さんが笑う。

「紘一、ちょっとお前、嫉妬深すぎないか？　別に吉永さんはそんな気持ちで俺を見てるわけじゃないっていうのに」

「うるさい」

し、嫉妬……。紘一くんが嫉妬！　いやいや喜んではいけない。こ、恋人に嫉妬をさせるなんていけないことだ。

「吉永さん、本当に紘一でいいの？　もう多分、吉永さんが好きになった、八方美人で優柔不断な紘一じゃないよ？　嫉妬深いし、吉永さんがほかの男見るだけでこんなんなるし、引っ付いて離れないかも」

「紘一くんならなんでもいいです」

どんな里村紘一でも私にとっては唯一無二の存在だし、引っ付かれても困るのは心の衛生兵だけで、嬉しいだけだし！

自分の発言に照れる私と、私の発言に、少し頬を染めた紘一くんを見て、高橋さんはとうとう噴き出すのを我慢することができなくなったようだ。

「ははは、紘一と吉永さんも似たもの同士なのかもしれないな」

うらやましい、と冗談交じりに言われて、また照れてしまった。


「奈央、さっき宗佑が言ったことだけど」

高橋さんと別れたあと、人通りの少ない道を手を繋ぎながら駅まで歩いていると、紘一くんの足が止まった。

手を離したほうがいいのかと思ったけれど、握る力がぐっと強くなったので、私もぎゅっと握り返す。

「多分俺は、あんなことがなければ、奈央とこうして手を繋いで歩いている未来なんて、きっとなかったと思うんだ」

「うん」

そう思うと、モブ男たちにも感謝すべきなのかもしれない。紘一くんを苦しませた報いは受けてほしいけど！

脳内シャドーボクシングで三人をぼこぼこにしていると、ふわりと熱が私を覆った。

ここは外だとか、人に見られているかもしれないとか、そんなことは何も考えられなくて。紘一くんのシャツをぎゅっと握る。

「いまが奇跡みたいで、嬉しい。ありがとう、奈央。俺を見捨てないでくれて」

「……それは、私が言うべき言葉だと思う」

紘一くんはまだ、私の六年分の思いがどれほどかを知らないんだろう。

「高橋さんが言ってた言葉は私にも当てはまるんだよ。私がどれくらい、ストーカーみたいに紘一くんのことを追いかけてたか知らないから。本当は知られるのが怖い」

紘一くんが好きだからはじめたフットサル。

紘一くんが好きだから聞きはじめた音楽。

紘一くんが好きだから通いはじめた喫茶店。

紘一くんが好きだから買ってしまった同じ携帯。

紘一くんの好みだと聞いたものは片っ端から買っていた。

いや、私やばくない？

内心汗をかきまくって言い淀む私とは対照的に、紘一くんの声が弾む。

「嬉しいなあ」

「えええ」

いやあ、さすがに引くんじゃないかなぁ……？

そう思うのに、ぐいぐいと引き込まれる紘一くんの巧みな営業術で洗いざらい吐かされてしまった。言わなくていいところまで言ってしまったのに紘一くんの反応は全く想像と違って、本当に、心底嬉しそうに、いままで見てきた中で一番の笑顔を見せた。

「嬉しい。好きな人に、そんなに思われるの最高だ」

「……」

そうかあ……。隠さないでいいのかあ。

じわじわと感情が沸き上がって、眼球から零れ落ちそうになる想いごと一緒に、紘一くんに思い切り抱きついた。

その後、高橋さんの言う通り、恋人になった紘一くんは、いままでの女子との付き合いはなんだったのかと思うほどに、時間があればすべて私と一緒にいるようになって、最近では妄想をすることもなくなってしまった。

幸せすぎて、怖い。

社内人気第一位の里村紘一を射止めたのが、氷鉄の女の異名を持つ私だったという事実は、どこからかすぐに広まったらしい。でも意外にも周りはそこまで騒がなかったようだ。それでもあの氷鉄の女よりは……とモーションをかける女子社員も後を絶たなかったみたいだけれど、もう紘一くんは「奈央以外は愛せないので」とハッキリキッパリ指輪を見せてお断りするのだと。そんな話を嬉々として私にするものだから赤面してしまう。

「あ、総務の課長に奈央が戻ってくるように説得してくれって言われたけど、バッサリ断ったから」

「あ、それはバッサリズバッとお願いします」

私は結局真理恵さんの会社にお世話になることにした。

女子しかいない会社というのが紘一くんにとってよかったらしい。……こんなに嫉妬深いとは思わなかった。

妄想じゃ追い付かない本物。そんな紘一くんが好き。

私がそう言うと、嬉しそうに笑う。

新しい職場では、私も氷鉄の女なんて呼ばれることはなくなって、適度に忙しいゆるゆるな生活を送ることになりそうだ。

こんな日がずっと続けばいいな、と思っている私が近い未来、紘一くん曰く人生を賭けたというサプライズプロポーズにドン引きすることになるのは、遠い未来にはよい思い出となるのである。

【賭けからはじまるサヨナラの恋】 ―おわり―

番外編　「迎えたその日の二人とは」

「最近、紘一くんが忙しそうなんだよね」

「へえ」

全く興味がなさそうに理子がグラスをガツンと置いた。

三月だというのに今日はとても暑く、頼んだ飲み物はすぐに胃の中に消えていき、その勢いのまま理子が追加オーダーをするために店員さんを呼ぶ。

「それでね、最近紘一くんが」

「はいはいそれはいま聞いたよ。どうせ大したことじゃないでしょ？」

理子はいまだに紘一くんに辛口だ。経緯が経緯だからと本人は言っているけれど、内心気にかけていてくれることを、私は知っている。

私が理子にしか話せないということもわかっているから、こんな言葉を言いながら結局いつも最後まで聞いてくれる。最後にただののろけでしょ！　と怒られるまでがセットではあるが。

「あんたたちもうすぐ同棲して一年でしょ？　だから里村なりに何か考えてるんじゃないの？」

「えええ、毎日紘一くんといるだけで祭りみたいな気持ちなのに!?」

本音で言ってみると、顔にはっきりと「やってられない」というラベルを貼って、理子がうんざりした表情で言った。

オーダーを聞きにくる店員さんに、仕事用の完璧スマイルで丁寧にアイスティーを頼んだあと振り向いた顔は、ごっそりと表情が消えている。何度見てもこの落差は面白い。今度はゆっくりと一口飲んで、呆れたように言った。

「一年経つのにまだそんなこと言えるとか、本当によく飽きないよね。すごいわ奈央」

「本当だよね……」

「はあ？」

私だって驚いている。片思いの頃から、一緒に暮らしはじめてもずっと紘一くんに対する気持ちが全く失せないどころか、気持ちが繋がったことによりさらにひどくなっている気がする。そしてそれと同じ気持ちを返してもらえている現実に、もしかしてまだ夢を見ているのかもしれないと思うことすらあって。そうじゃないことはわかっているのに、拗らせ続けた六年が簡単にそれを許してくれない。

「ふさぎこまないの！　だからほら、あれでしょ？　里村的にそろそろアレとか考えてるんじゃないの？」

「アレ？」

アレ、とはなんだろう。隠れた性癖を解放する時がきた……とか？　いやいや大丈夫私はなんだって受け入れますとも！

「そういうのじゃなくて」

なにも言っていないのに、私の心の中を読むとは、さすが理子！

尊敬の眼差しで見つめていると、今日最大のため息をわざとらしくついて、額を弾かれた。

「……だから、プロポーズとかするつもりなんじゃないの？」

ジンジンする額をさすりながら、私はその理子の言葉を考えた。

そうか、理子は知らないんだ。

多分私は紘一くんに何度もプロポーズをされ、それに応えているという事実を。

＊

その日は朝から紘一くんがそわそわしていることには気づいていた。

何も気にしていないようなふりをして、洗濯ものを干している時も、朝ごはんを作っている時も、一緒に横に立っているのにずっと視線を感じる。

「紘一くん？　何かあったの？」

「え、いやなんでもないよ」

そう言われてしまえば私からなにか問いただすようなことはできないので、私も釣られてどんどん落ち着かない気持ちになっていく。

なにかしただろうか？　そう思って最近の自分の行動を思い返してみると、相変わらず紘一くんの一挙一動に果てしなく心がときめいて、家の中でもストーカーじみているという心当たりは確かにある。けれど、正直そんなことはもう、紘一くんはなにも考えずに受け入れてくれているのもわかっている。

目が覚めて突然私のことが気持ち悪くなった、という線も万が一、普通の人なら考えることかもしれないが、それはないだろう。

常にどれだけ私が大事なのかということを伝えてくれて、ことあるごとに未来の話を持ち出されている現状で、それを疑って悲観するのは紘一くんに失礼というものだ。

だからこそ、このいまの状況がわからない。そのまましばらく時間が経ってお昼が近づくころ、視線が私とクローゼットを行ったりきたりしていることに気づいた。あの中に何かあるんだろうか。そう予測を立てることは簡単で、それならば何か私にサプライズでプレゼントをしてくれようとしているのだと、この間の理子と話したことを思い出し、やっと自分の中で納得いく答えが出て気持ちが落ち着いた。

しかし、そんな私とは逆に、紘一くんの緊張は限界が差し迫っているようで、そわそわを隠さず、さほど暑くもないのにじんわりと汗をかいている。

そこまで緊張するものって、何かある？

紘一くんはことあるごとにプレゼントをくれる。会社の帰りに見つけたハンカチからはじまり、花束、食器、お揃いのパジャマ、こないだはゲーム機を二台買ってきた。

一緒にやりたいと買ってきたそれは、結局あまりはまらなくて、流石にお金が勿体《もったい》ないなあ、とは思ったものの、紘一くんの気持ちが嬉しいからなにも言わなかった。

二人で暮らすようになって、一年弱、記念日は一ヶ月後だから、そのお祝いではないと思う。……じゃあなんだろう？

この一年、毎日が幸せで、こんな未来が待っているなんてカケラも思っていなかった私は、夢の中にいるみたいだった。その気持ちは継続していて、紘一くんにガッカリするようなこともなく、お互いに言葉が足りないばかりに遠回りしたあの月日を後悔しているからこそ、なんでも話し合って、気持ちを溜め込まないでいる結果か、ケンカの一つもしたことはない。怒った紘一くんもかっこいいだろうなとは思うけれど、あえてそれを望むようなことはしたくない。

「一年か……」

ぼんやりと考えていたら、知らず呟いてしまっていたらしい。ガツンと音がして、紘一くんが足をテーブルにぶつけ悶絶している。なんで？

「紘一くん!? だ、大丈夫？」

よほど心配そうな顔をしてしまっていたのか、オロオロする私に紘一くんは大丈夫、と言って立ち上がると、なにもなかったような顔で提案した。

「あのさ、散歩にでも行かない？」

「行く！」

気分転換が必要だ。私はその言葉に飛びついた。

二人でよく行く公園は、徒歩で十分ほどのところにある。

一緒に暮らしはじめてからは、二人でジョギングしたり、フットサルの練習に付き合ってもらったりとよく訪れていて、今日は天気がとてもいいから、なにか道具でも持ってくればよかったなあ、なんて。そうだ、売店でバドミントンのセットでも買おうかな。

……何か違うことを考えていないと、思考が暗いほうへいってしまう。

ここに来る道のりも紘一くんは言葉少なで、そこまで言い淀むということは、もしかして楽観視してはいけないものなんだろうか。

違うと信じたいけれど、ここまで歯切れの悪い紘一くんははじめてで、流石に不安になってくる。

例えばここに突然金髪碧眼の幼女が現れて、紘一くんの本当の好みは金髪碧眼の鼻が高い美少女で国際結婚希望だったことが判明。そして告げられる別れ!!

そんなことになったらどうしよう。そうだ、いまから美容院に行って金髪に染めてこよう。そしてカラコンを買って、英会話教室の予約……いや幼女じゃないし無理じゃない？　国籍だってうちは先祖代々田舎に住んでいる。詰んだ。

「紘一くん……金髪碧眼じゃなくてごめんねぇ」

「え、待って待って奈央、なんか変な方向に妄想飛んでない？」

「だって」

紘一くんが可愛い女の子と飛行機のゲートに吸い込まれるのを見送る自分の想像がありありと浮かんできてつらい。結婚式は外国ならではのガコンガコンする空き缶をつけて、全部にハッピーウェディングなんて書いてあって、私はそれをSNSで見てやさぐれてアルコール依存症まっしぐら！　うわー幸せからの落差！

果てしない妄想の中に埋め込まれて、滝壺に身を投げる寸前まで進んだところで、紘一くんが慌てて違う！　と叫んだ。

「全部俺のせいだ。ごめん奈央」

ごめんな、って何度も言いながら、私の頭を撫でる。これは紘一くんの癖なのかもしれない。私はこれが大好きで、なにもない時に紘一くんの手を頭に乗せていつもねだる。いつもは幸せな気持ちなのに、今日の私はだめだ。紘一くんの落ち着かない態度と相まって、笑える妄想で終わってくれる気がしない。

その瞬間、ぎゅうと体が温かい熱に包まれて、それは妄想ではなく抱きしめられたのだとわかった。

嬉しいよりも何よりも最初に出てきた感情は、どうした!? だった。

待って、ここ、外ーー!! 周りには子連れやらわんちゃんの散歩やら、人がいっぱいいるし！　ほら見られてる！　見られてるー！

悲しい気持ちなんてどっかいって、どうした里村紘一！　どうしたんだ里村紘一！　と心の中で突っ込むので精一杯になってしまう。

狼狽えすぎて逆に落ち着いてしまった私に気づき、ホッとしたように体が離れた。ちょっと残念。

「奈央」

公衆の面前で抱き合うというバカップルまがいのことをしてしまったことに羞恥を隠せない私の名前を、周りなんて何も全く気にしていないような紘一くんが呼んだ。

「奈央、俺とずっと一緒にいてほしいんだ」

「うん」

いつものように返事をした私に、紘一くんがポケットから箱を出す。

え、これって……。

……石?

「奈央」

緊張の中に甘い声色を乗せて、箱から取り出して手のひらに置かれたのは、綺麗な石

疑問符を頭につけたまま、それでも紘一くんの真剣な瞳が素敵で、とりあえず石のこと

は頭の隅の右側に追いやった。

「その石、ずっと贈りたくて……。すごく時間がかかったんだけど、やっと手に入ったか

ら。だから……やっと言える。俺と結婚して下さい」

その言葉に周りのひやかしの声が大きく響く。紘一くんが格好よすぎて撮影だと勘違い

してカメラを探している若い女の子も。そんな情景がはっきりと視界に入ってくる。

これは、正しくプロポーズだ。確かにいままではっきりと結婚してほしい、という類の

言葉は、あの冬の諦めからの一発逆転の時しかなかったのだと思い出した。

ずっと一緒にいようという言葉と、結婚という言葉の重みというものは全く違うのだな

あと冷静に考えた。

そう、冷静に。こんな時なのに、私はなぜかとてつもなく冷静だった。

手のひらにずっしりとのしかかる重さ。これがいまの奇跡のような幸せの申し出の邪魔

をしている。

石？　石……？　何で石なの？　待って、スピリチュアルなの？　紘一くんは比較的現実的に物事を見ているタイプだったし、まさかこんな石崇拝をしていると思わなかった。うん、できる、できるよ。世界里村石研究連合会に入会するう……。

「奈央、返事、聞かせて……」

ああ、うっかり石が出てきたことに気をとられていた。不安そうな紘一くんの手をぎゅっと握って、石のことはもう一度、なんとか頭の隅の左側に追いやって、安心させるように笑った。

「うん！　結婚する。ずっと一緒にいて」

いっそう大きくなった周りの歓声と祝福の声から紘一くんと逃げるように走った。

そんな中、私の頭の中ではぐるぐるとフレーズが吹き荒れる。

石、一緒、いいっしょ、一生……頭の中で吹き荒れるラップは隅から隅へと移動して、もうど真ん中に居座っている。くそう、せっかくのプロポーズなのに。

家に帰って、貰った石を玄関にとりあえず飾る。確かに黒くてツヤツヤしてご利益はありそうだ。

それでも訝《いぶか》しげに見ていた私に、慌てたように紘一くんが説明を付け加えた。

「別に俺、石を崇拝してたりするわけじゃないからね？」

「……えっ？」

ヒップホップぽいイメージの、原色に彩られた石の妄想がシュンッと脳から消えた。

「ネットの記事の受け売りなんだけどさ、その石いま外国で人気で、それを贈るとプロポーズは絶対に成功して、その二人は生涯幸せに暮らせるって」

「そう、だったんだ……」

正直、ホッとした。さすがに石を祀《まつ》って生きていくのは厳しいかもしれないと思っていたのは事実だったからだ。

「絶対失敗したくないって俺焦ってたかも」

不安げに私を見つめる紘一くんが愛おしくてたまらなくなった。

お互いに、こんなに好きだなんて奇跡があっていいんだろうか？

「私が断るはずないのに。紘一くんのことが大好きでストーカーまがいのことまでしてたくらいだよ？」

「俺は、自分に自信がないから、奈央にふさわしいなんていまでも思えてないよ。でも離したくないから、……ずっと一緒にいたいから」

「私、紘一くんがそばにいてくれたら、絶対それだけで幸せな自信あるよ」

「……俺も、奈央がいてくれたら、それだけで幸せだ」

幸せすぎて、どうにかなりそう。不安も全部溶けていくみたい。

ずっとこれが続くのだと、そう信じられる。不安になんてもうならない。なにがあっても、挙動不審でもだ。

実感は遅れてやってきて、知らないうちに涙がぽたりと服を濡らした。

「この石も大事にしようね。嬉しい、大切な思い出になったよ」

うん、と紘一くんが私の涙をぬぐいながら言った。

ひとしきり喜びをかみしめて、そのあとにやってきたのは一つの疑問。

「そういえば、この石すごく貴重そうだけど、どうやって手に入れたの?」

「ああ、これは現地に申し込みをして、抽選で順番が回ってきてさ。貴重な鉱石を高名な造形師が長い時間をかけて磨くって。焦りすぎてたからって石はないよなぁ」

「……高そう、だよね」

「……ええと」

これから家計を一緒にするのだから言わないとなあ、なんて紘一くんがぽそりと呟いた金額に、私は顎が落ちるかと思った。

いや、石で、まさか石で……。

「ど……」

「?」

いや、言葉にはしない。しないけど……。

ドン引きだよ……。


それから数ヶ月後、結婚式の準備をしている間に街中《まちなか》の露店で見つけた『ネットで大人気！　魔法のアイテム。現地の職人が手がけた貴重な鉱石！　いまなら千円！』と書かれたあの石そっくりな品物を見て、吐くかと思った。

でも、あれはあの時の紘一くんが必死になって手に入れようとしてくれたプレミア物の石であることは確実なので、私はその事実は墓まで持っていくことにした。

あの石は、我が家の守り神になっている。多分これからも、ずっと。

あとがき

この度は「賭けからはじまるサヨナラの恋」をお手に取っていただきありがとうございます。作者のポルンと申します。

キッチンで携帯を片手に立ちながら二日間打ち続けた二万三千字、そしてタイトル決めは投稿十秒前に適当に思いついたものをそのまま投稿したこの話がまさかここまで大きくなるとは、当時の私に伝えても絶対に信じないと思います。

まるで奇跡のような幸運に恵まれ、助けられながら一冊の本にまとめることができ、もうこれで全てやり切ったと今は清々しい気持ちです。

このお話ですが、奈央と紘一はお互いに嘘をついていて、どちらの方が悪いということもなく、二人とも同罪であるというのが作者である私の意見です。私が強いヒロインが性癖で、スパダリではないヒーローが性癖であるという理由で、里村には風当たりが強かったかなと思いますが、最後は紘一が頑張ったからこそ結ばれることができたので、二人はこれからずっと生涯幸せに暮らすのでしょう。

そして、書籍発売とともにドラマがはじまります。賭け恋を書いているとき、九十年代の少女漫画やトレンディドラマ（死語）みたいなコテコテ王道にしようとは思っていたんです。最後の走って追いかけるところとか。

でもそれが本当に漫画になりドラマになるなんて、決まった後もずっと夢なのかなと思っていました。

しかし撮影見学をさせていただき現場を見て現実を実感するとともに、改めてたくさんの人に支えてもらってこそ作品は出来上がり、さらに色々な人の想いをのせているのだということに気づき、私自身その自覚を持たねばならないとも思いました。

原作をとても大事にしていただいたと私は思っているので、この本を読んでくださっている方にも楽しんでいただけたら嬉しいです。

最後に、漫画に続き素敵な装画を担当してくださったわたぬきめん先生、書籍まで導いてくださったことのは文庫編集部の田中様、佐藤様、いつも楽しく励ましてくれたコミックＥＬＭＯの原様、精神的支柱のにべこの皆様、コミカライズ・書籍・ドラマに関わってくださった全ての方、ずっと応援してくださる賭け恋ファンの方、この本を手に取ってくださった皆様に感謝を申し上げます。ありがとうございました。

ポルン

ことのは文庫

賭《か》けからはじまるサヨナラの恋《こい》

氷《こおり》の仮面《かめん》とよくばりな想《おも》い

2023年7月24日　初版発行

著者　ポルン
発行人　子安喜美子
編集　田中夢華
印刷所　株式会社広済堂ネクスト
発行　株式会社マイクロマガジン社
URL：https://micromagazine.co.jp/
〒104-0041
東京都中央区新富1-3-7 ヨドコウビル
TEL.03-3206-1641 FAX.03-3551-1208（販売部）
TEL.03-3551-9563 FAX.03-3551-9565（編集部）

本書は、コミック『賭けからはじまるサヨナラの恋』（コミックELMO）の原作を改題し、加筆・修正した上、書籍化したものです。

定価はカバーに印刷されています。

ISBN978-4-86716-446-4　C0193
乱丁、落丁本はお取り替えいたします。